诗意的远方

SHIYI DE
YUANFANG

张纯洁 ◎ 著

成都时代出版社
CHENGDU TIMES PRESS

图书在版编目（CIP）数据

诗意的远方 / 张纯洁著 . -- 成都 : 成都时代出版
社 , 2024.6

ISBN 978-7-5464-3311-0

Ⅰ . ①诗… Ⅱ . ①张… Ⅲ . ①游记—作品集—中国—
当代 Ⅳ . ① I267.4

中国国家版本馆 CIP 数据核字 (2023) 第 192187 号

诗意的远方

SHIYI DE YUANFANG

张纯洁 / 著

出 品 人　达　海
责任编辑　周　慧
责任校对　王路瑶
责任印制　黄　鑫　曾译乐
封面设计　李　升
装帧设计　李　升

出版发行　成都时代出版社
电　　话　（028）86742352（编辑部）
　　　　　（028）86615250（发行部）
印　　刷　三河市人民印务有限公司
规　　格　145mm×210mm
印　　张　7
字　　数　143 千
版　　次　2024 年 6 月第 1 版
印　　次　2024 年 6 月第 1 次印刷
书　　号　ISBN 978-7-5464-3311-0
定　　价　68.00 元

目 录

contents

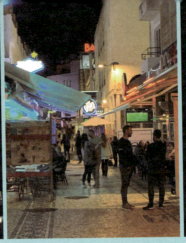

"不一样" 的澳门

　　人们常说旅游是从自己待腻的地方去到别人待腻的地方。也是，自己待腻的地方每天看到的事物相似，需要换个地方来获取不一样的体验。而澳门，正是凭借着许多的"不一样"，才吸引了那么多的游客。

　　2021 年 5 月下旬，我和爱人以徒步的方式，在澳门待了 3 天。我们试着了解更多的当地历史文化和市井生活，也见识了这个地方许多的"不一样"。

　　澳门博物馆的入口处，置放着中国秦始皇陵兵马俑坑

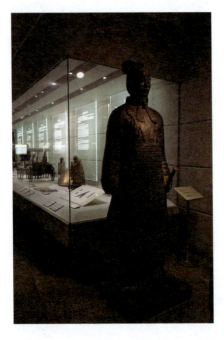

出土的将军俑和葡萄牙西北部出土的卢济塔尼亚武士雕像各一座。

　　葡萄牙人据说是最早经海路来到中国的欧洲人。葡萄牙人的到来，使中西方两大文明走上了持续交汇之路。华人与葡萄牙人在澳门进行的贸易、宗教和文化等方面的接触，影响着澳门不一样的历史变迁。博物馆的展品以其丰富的历史和文化内涵，展示出这种历史变迁中的中西文化在澳门的交汇现象。所以，澳门作为中华人民共和国的特别行政区，其独特的地理位置和历史背景，造就了深厚的中华优秀传统文化和葡萄牙舶来文化相结合的中西文化共存的多元共融文化。

　　穿行于澳门的大街小巷，中西方风格共存的建筑，确实很有看头，颇有诗意。老城区内，不少建筑至今保留原貌并保持着原有功能。游客必去的大三巴牌坊、议事亭前地等旅游景点，虽说够不上规模，但蕴含的是弥足珍贵的"不一样"。经过多年的中西方文化的碰撞，使澳门成为一个风貌独特的城市，留下了大量的历史文化遗迹。澳门历史城区于 2005 年 7 月 15 日正式成为世界文化遗产。

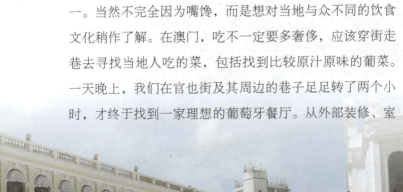

面对"不一样"的澳门，又何止让我们想到要珍惜和保护建筑的不一样？各地的生活习俗、地方音乐、戏曲艺术、当地美食……太多的"不一样"都需要我们去保存和发扬光大！

我和爱人行前定下规矩，到澳门只吃不赌。除了游览，吃是我们此行的目的之一。当然不完全因为嘴馋，而是想对当地与众不同的饮食文化稍作了解。在澳门，吃不一定要多奢侈，应该穿街走巷去寻找当地人吃的菜，包括找到比较原汁原味的葡菜。一天晚上，我们在官也街及其周边的巷子足足转了两个小时，才终于找到一家理想的葡萄牙餐厅。从外部装修、室

内布置到菜肴都比较地道，仿佛置身于遥远的葡萄牙。葡式慢炖嫩鸡胗、沙丁鱼柳佐秘制葡式酱汁、虾肉酿红椒配意式白酱，真是美味可口。

澳门不一样的饮食文化，也是吸引游客的理由。

2021 年 5 月 24 日
写于澳门永利皇宫酒店

《芙蓉镇》里的芙蓉镇

30 多年前，隐于湖南湘西，一个叫王村的地方，因刘晓庆和姜文主演的电影《芙蓉镇》一夜成名。经历岁月的沉淀和洗礼，如今王村已改名为芙蓉镇，并吸引着络绎不绝的游客。

10 月的芙蓉镇，迷蒙的烟雨也没能阻挡人们来这座集聚了电影文化和民族风情古镇旅游的脚步。观察来客年龄，他们中的大多数人应该都看过 20 世纪 80 年代的电影《芙蓉镇》。大家来寻访影片里的真实场景，借以触摸过往时光，获取回忆的快乐。

我和他们一样，此行

以游历电影取景地为目的。当然，也顺便考察"挂在瀑布上的千年古镇"的景区建设，满足一下自己的专业爱好。

我们入住的"土王行宫·八部堂"客栈，建在芙蓉镇大瀑布边的悬崖上。近观飞流不息且日夜轰鸣的瀑布，远眺土家吊脚楼和酉水河的秀丽，视线中的一切，已然算是镇上首屈一指的美景。不过，我还是不愿待在客栈，大部

分时间冒着细雨行走于古镇街巷，为的是寻找电影中的景象和那些藏有故事的地方。

电影《芙蓉镇》根据古华创作的小说改编。讲述的是女主人公胡玉音在芙蓉镇以卖米豆腐为生，历经蒙难的命运和生活的变迁，最终和每日一起劳动的秦书田相爱，彼此照顾生活的故事。影片取景地就是当时的王村，今天的芙蓉镇。虽说电影镜头里的场景，现在保存完整的已经不多，但一条石板街和街上那座石牌坊，已经足够让来去匆匆的游客津津乐道。

刘晓庆饰演的胡玉音在石板街上卖米豆腐，不仅让观众印象深刻，也为乡亲们存留了商机。现今石板街上随处可见"正宗刘晓庆米豆腐"店，搞不清楚到底哪家才是当年的原型。不过，这已经不那么重要。因为所有米豆腐店都贴满了电影画报和演员剧照，随便去哪家花十元钱吃碗米豆腐，仿佛就尝到了影片里米豆腐的味道，见到了女主人公美丽质朴、热情直爽的形象。

东走西逛了3天，几乎"玩"遍了古镇。越发感觉它的奇丽别致，更钦佩导演谢晋拣选取景地的独具慧眼。吊脚楼、石板街、板门店铺、渡船码头、溪流、飞瀑、悬崖……众多元素融进了这座规模并不大的山地古镇。事实上当年这里还只是一个村，但是，它的一些样貌却同电影里的内容、场景十分相符。当电影选取的景物和内容同演员精湛技艺高度契合后，就产生了令观众折服的作品。

在那个文艺作品相对匮乏的年代，《芙蓉镇》这部艺术性较强的电影为百姓提供了文化盛宴，人们对于它的记忆也特别深刻。看来电影作品不在于多少，而在于内容的精湛。

《芙蓉镇》拍摄后的余热一直在当地留存至今，为芙蓉镇带来了一片朝阳产业。

2019 年 10 月下旬
写于湖南省湘西土家族苗族自治州芙蓉镇

阿弥陀佛大饭店

汽车驶过福州市浦上大道时，我不经意间透过车窗看到了阿弥陀佛大饭店。当时，颇感好奇，不敢相信有这样取名的饭店。

也许，世间万物都有缘分。

这不经意间的眼缘，让傍晚时分正准备找旅店的我和其他四位朋友，有机会住进位于正祥广场，以佛教文化为主题的阿弥陀佛大饭店。

从走进大堂到入住房间，能够感受到佛家建筑的禅风意境。饭店前台（接待处）的设计，是我见过所有高档饭店里最为简约的。背景为拱门形状的灰色墙体，"一"字形的工作台没有过多的摆设和装饰，显得格外简朴素雅。往里走，是陈列了许多佛像和书籍的大堂。一张长桌上摆放着《福田心耕——给青少年的十二堂国学课》《常礼举要》等书籍，一旁"结缘区"的牌子上注明了客人可以带走一本自己喜欢的书。这一举措，为客人与饭店搭起了书籍结缘的桥梁。

晚上，饭店邀请客人免费进入玄妙堂品香。玄妙堂设在一楼大堂里边。堂内装修雅致，香炉、香盒、香品等置放有序。盘坐案前，缓缓吸气，细细品之，一时间让心灵放松。闻香静坐，远离浮华，烦累的心在幽香中渐渐释然。

玄妙堂工作人员告诉我，阿弥陀佛大饭店属国内首创的大型宗教开放性旅店。286间客房，在独具匠心的中式装潢中植入了佛教主题文化元素，并把"宗教是爱的教育"作为企业的服务要义，贯穿整个经营服务过程。

房间的床头柜上放着一个小小的温馨提示牌，写着"素食养身，低碳环保""禁酒清心，养性生慧。远离无明欲求，生真智慧""禁烟悟道，养气延年"等内容。打开房间的电视机，意想不到的是居然有"德音雅乐""经典演说"这些具有德育意味的特别节目。饭店五楼开设了专门的场所供客人念佛和修学。上述给住客提供的信息以及活动场所，大概只有阿弥陀佛大饭店才有，它吸引了各地的有缘人前来住店，从中领悟佛教文化的人文精髓。

次日早上，去"珍素"餐厅用餐，着实体验了一番原素美餮的味蕾之旅。淡雅清新的环境，干净新鲜的菜品，此刻，素食修行的感觉满满。一顿早餐，能够让你悟到素食所具有的合乎生态原理，以及尊重其他生命的价值和意义。素食主义不再是一种教条，它在引导人们选择有益于健康并符合自然规律和时代潮流的生活方式。一位来自山东的餐厅服务员和我交谈时说："我信奉佛教，从那么远的地方来到这边工作，还是挺开心的。"她对素食的理解是"素食养心，悲悯万物"。

人们对一种文化或宗教的认同，可以看成是缘分。阿弥陀佛大饭店在润物细无声中用禅言和佛语启发人们树立爱心，注重戒行。与此同时，也带给大家身心的自在与慰藉，哪怕是人在旅途也是如此。

离店时，我想到了"爱出者爱返，福往者福来"这句话，祝入住阿弥陀佛大饭店的有缘人，在生命的旅途中同爱与福相伴。

2018 年 7 月 6 日上午
写于福州市阿弥陀佛大饭店

北海道并不寒冷

出行前，爱人给我准备了整整一箱保暖的棉大衣、棉裤、棉鞋等。从日本大阪去北海道时，除了那双笨重的棉鞋，其余的我都给穿上了。

从日本北海道新千岁机场出来，空中飘舞着雪花，地上是长久未化的积雪，乍一看，就是冰天雪地的架势。接我们的是位来自沈阳的孟女士，她在北海道札幌生活了多年，见我穿得有点"认真"，便用安慰的口吻说："北海道没有你想象中的那么冷，虽说2月份都在零下几十度，但还是很舒适的。"这话像有温度似的，让我的担心减少了些许。但还是觉得不踏实，问她要不要把棉鞋穿上。她笑着说："不用啊，穿皮鞋足够了。"

暖热的空调汽车，带我们到了一家度假村。当时没记度假村的名字，只知道边上是个滑雪场，我们被安排在这里的森林餐厅吃晚饭。时间还早，旅友们便火急火燎地跑到户外，急于体验北海道久负盛名的冰雪世界。

因为冰雪天的缘故，这里的傍晚像白天一样光亮，只是刮起了大风。雪花，一朵朵一簇簇地横飞过来，没多久大家都成了雪人。这时候大家的玩心却上来了，在雪地里跑步、打雪仗、堆雪人、拍雪景，玩得不亦乐乎，根本没了冷的感觉，只有童心未泯的快乐和运动后的暖和。

我走到一家旅店门口，见他们在皑皑白雪中别出心裁地放了一个大大的火盆，火苗将飘进来的雪花顷刻溶化。我久久地望着眼前的火盆，心想，它能在冰雪天气下给我们温暖，却无情地吞没了洁白的雪花。难道说世间万物都有两面性，所有的事情都为相对？正如，冰雪环境下并非绝对寒冷，也会有些温暖的时刻和感受，只要适应就好。

当晚我们就品尝到了北海道的美食。由于周围是世界上屈指可数的盛产各种海产品的海域，当地饮食店终年可以吃到各种特别新鲜的海鲜食品。像美味的鲜虾和扇贝寿司就很值得一尝。若喝上几杯清酒，大有驱寒之功效。

　　北海道天寒地冻的夜里，当回风雪夜行人，也说得上是一次挑战之旅。夜色下，我们按别人指点的路径去寻找一家冰酒吧。一片林海雪原，摸索着走进完全用冰制成的半圆形冰门，再艰难地走过一段两旁挂着一盏盏冰灯的小径，翻过一个小山坡，眼前豁然开朗处就是我们要找的北海道冰酒吧。一座座圆顶的冰房子挨在一块，相互能够通行。里边亮着灯，外面看去透着晶莹的光亮。人们可以选择从山坡上坐冰滑梯下去，也可以沿着冰台阶

走到酒吧。进到里面，冰吧台、冰桌子、冰凳子、冰书架等冰家具"唱"了主角。一眼望去，除了营业员和客人不是冰的，其他几乎都是冰制品。有意思的是，置身其中却没有冰冷的感觉，反而觉得屋里很暖和。买杯热饮，喝上几口，就有热气腾腾驱赶寒夜的功效。

　　第二天去人称"北方华尔街"的小樽游览，那里是来北海道旅游的人必定打卡的地方。昔日运河沿岸砖石结构的仓库，如今都改成了工艺品商店、餐厅、茶馆。太阳直射雪地，映照出一幅暖阳的景象。销售琳琅满目的玻璃制品和其他礼品的商店里人头攒动，情绪高涨的人们心里热乎乎；沿街摆满了热气蒸腾的当地小吃，熏得大家额头冒汗；八音盒商场前的那口蒸气钟也不时地喷出蒸气，凑着热闹给游客们送上一阵阵暖意……这样的情形下，就连飘

到脸上的雪花，也变得格外温和、亲昵。

在小樽的时光，让游客们在繁华和热闹中挤走了寒冷，闹腾出一片暖暖的天地。

北海道并不寒冷！

2019 年 2 月 19 日
写于日本北海道飞往上海的飞机上

藏隐于都市的民宿

月色中，我找到位于广州东华东路瓦窑后横街 1 号的藏隐于都市中的民宿——馨园。我抚摸着"岭南建筑学派博物馆"匾牌、铁制老式大门和颇有沧桑感的红砖墙面走进会客厅，触摸到建于 1923 年的老房子的岁月痕迹和岭南文化与欧美建筑融合而成的特有建筑体态。

刚落座，服务生便端来茶水，并快速办好了入住手续，

送我到二楼房间住下。从一楼会客厅到二楼房间，地面铺的是民国时期的花地砖，楼梯是紫红色的百年水磨石。进入房间，眼前的陈设让人有些出乎意料。温馨而洋气的套房，室内装修和家具相当悦目实用。这房间着实让我香香地睡了一宿。

次日清晨，下楼来到开阔雅致的庭院。初露的霞光洒满一地，映照得一潭池水清澈闪亮。那棵和房子同龄的玉兰树，端整魁伟，格外惹人喜欢。陪我们一同吃早餐的这家店的主人刘峰姑娘告诉我，这地方，前身是民国第一任警察署署长的官邸，原名永昌园。后来广州东山出现了一批由华侨修建的带有欧美别墅风格的新型洋楼，这里随之也修建成寓意步步高升的三层梯次叠加小洋楼。受当地文化影响，房子还兼具一些岭南建筑元素，透露出中西文化交融的特点。2009年春天刘峰路过此地，被院内的馨香和满地的白兰花瓣深深地吸引住了。经过一番周折，从远在国外的房东手里接手了这院子，并易名为馨园。

刘峰是个东北姑娘，学园林建筑出身的她现在是广东建筑文化保护研究院院长。秉承着保护古建筑和适度利用的理念，她对房子内部和庭院进行了改良设计与修缮，植入了一些适合现代生活的景观和设施，使馨园成了客人们参禅、观展和喝下午茶的好去处。

当然作为都市民宿，住宿是主要功能。馨园使用了具有时代感的材料，打造出主人喜欢的生活场景，显得时尚恬逸。虽然每个房间都会有些老式的家具、屏风和画作等，但不影响整体格调，反而起到了艺术点缀的作用。八间客房大胆地将洋房结构和广式家具糅合在一块，呈现出欧美建筑与岭南文化融合的特有魅力。不难看出，主人在细节上花了不少心思，无论是房间用品的选择，还是饰品的配

置，均达到了使用方便、观赏高雅的效果。

我住的房间里摆放着《美学散步》和《艺术的故事》两本书。其中我很喜欢的《美学散步》是融贯中西艺术理论的一代美学大师宗白华先生的代表作。该书用娓娓道来的笔调向读者传递中华优秀传统文化的诗情画意，用灵动的文字让陈列在广阔大地上的遗产、书写在古籍里的文字都鲜活起来。这是一本多次加印、畅销至今的关于美学的好书。主人选这本书放入客房，自然和她的情趣爱好有关联。对于喜欢住民宿的人来讲，能够体味到主人喜爱的生活态度和方式，也是住宿的目的之一。

馨园的一楼还有间图书室，陈列着许多书籍。书籍摆放整齐有序，且每本书都编上了索书号。受这种书香氛围感染，我临时决定把自己带着准备送朋友的新作《旅游新论》和《路上》两本书捐赠给这间图书室。

中午前离开馨园，有些依依不舍。因为，这家藏隐于都市里的民宿，让岁月的余味和温馨的生活气息，透过建筑形体和空间布置弥漫开来，恰如其分地引发了像我这样的住店客人对生活的回忆和遐想。

再见，馨园！

2018 年 3 月 1 日

写于广州

川西原貌

春暖花开的 4 月，在成都以一顿地道火锅开启了我的川西之旅。驾车观览沿途，沐浴过随风潜入夜的春雨，川西大地正变得温润而鲜活起来。绝美的自然风光和璀璨的历史文化，恰是一半人间仙境，一半人间烟火。

地理上的川西，多指四川省甘孜藏族自治州和阿坝藏族羌族自治州等地区。奇特壮美的雪山、冰川、峡谷、草地和神秘古朴的民族风情，曾吸引我多次踏上这片瑰丽险峻的土地。这次的 7 天行程，让我再度亲近了那些令我着迷的、保持着川西原貌的地方。

从 318 川藏线进去，第一天选择在海拔 4000 米以上的理塘县城过夜。这是世界上最高的城市之一，被称作"天空之城"。虽然空气稀薄，但藏文化却很深厚，那些至今仍保持原貌的景物，吸引着无数游客不惧高反慕名而来。

晚上去勒通古镇"千户藏寨"。整个寨子由 4000 余户住户组成，大批没向游客开放的房子，展现了当地真实的生活场景。在错落有致的藏式建筑群中游走，到若干个主题博物馆参观石刻、唐卡、藏文书法等原物展品，在当地人和游客集聚的广场上踏歌起舞，在藏族风情的小酒馆里喝上几杯……夜色下的寨子，温馨适意。

或许是游兴未尽，次日一大早，我又跑去寨子里探访，并参观长青春科尔寺。依山而建的长青春科尔寺，又称理塘寺，蔚为大观。佛殿、经堂、僧舍等建筑，保留了康巴地区格鲁派大寺庙的风格；殿内那些佛像、法器、壁画、雕塑、文献藏书等，让人肃然起敬，宛然是藏族宗教文化、艺术的宝库。

　　位于稻城县香格里拉镇亚丁村境内的稻城亚丁景区，是这趟旅行的主要目的地。这里，有一种绝尘净域的美感。在"最后的香格里拉""蓝色星球上的最后一片净土"等华丽辞藻背后，是不带虚夸的原汁原味自然天堂。宁愿让游客付出相当的体力，徒步观赏国家级自然保护区原生态的雪山、草甸、森林、湖泊；甚至游完长线和短线需要 8 小时左右的步行时间，也决不让多余的交通设施破坏高山峡谷的原样风光。稻城亚丁，正是用震撼心魄的纯粹原貌，让中外游客流连忘返。

　　同样，雄峻雪峰下绿草如茵的四姑娘山、一眼望不到头的塔公草原、"窗含西岭千秋雪"的西岭雪山，包括此前我游览过的大自然瑰宝九寨沟、"人间瑶池"黄龙、神奇的"红色佛国"色达等，都是川西原貌风景的魅力所在。

　　川西原貌，不只是景观方面，还涉及人文原貌。在稻城县香格里拉镇的洛克广场，我遇到了许多当地老乡，他们按照民族习惯穿着打扮，依照传统的祈愿形式转动经筒，

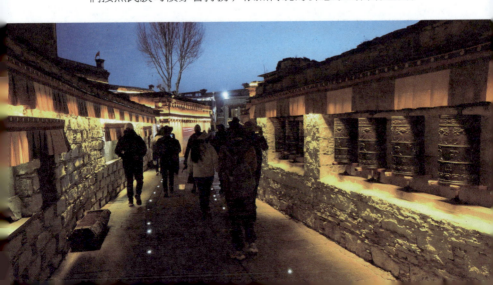

根据自己的爱好休闲娱乐，以相互认知的语言交谈聊天，这些正是我们期待遇见的"原貌"，也是深度旅行的意义和价值。

途中见到最多的是"318·此生必驾"的牌子，有点俗气，但却引来不少人自驾游川藏。一路上新路新房新变化，反映了当地生活的巨变，真心感到欣慰。然而，沿路一个模子的新房和"千村一面"的村寨以及商业化的设施，使318国道川西段及其他途经道路成了商业大道，抹掉了原有的风貌。这不一定能让旅者兴奋，反而会觉得缺少点什么，毕竟，来旅游的人希望多领略川西原貌的风土人情。当地沿路规划建设适当地保留些原貌，用作文化传承、景观追忆似乎成了当务之急。

冰雪云彩调色川西，四时草木化妆川西，而景观原貌和人文原貌则"保留"川西，这是不可丢失的美丽！

2023 年 4 月 19 日
写于成都香格里拉酒店

创意点亮璀璨夜晚

相比广东省佛山市岭南天地的精致淡雅，邻近季华路上的佛山创意产业园显得有些"庞杂"。占地面积 12 万平方米，建筑面积 20 多万平方米，由旧厂房改造后蝶变出上百家创意企业，开辟成了文旅产业、生产性服务业和高端生活配套服务业的混合式集聚区。

多元创新的夜间消费业态吸引了各路游客前来消费。正因为这样，首批国家级夜间文化和旅游消费集聚区的殊荣花落此地。

走近游客接待中心大楼，眼前的两件文创作品令人大开眼界。正门口的群雕、整齐划一的武术动作演绎了佛山作为武术之乡和中国南派武术主要发源地的文化魅力。面对它，我能联想到现今世界上广泛流行的蔡李佛拳、洪拳、咏春拳，还有人们熟知的李小龙、叶问、黄飞鸿等佛山籍武术大师。大楼右前方，一台老式火车头拉着一排餐饮"车厢"，扮演着工业遗存和时尚餐饮"拍档"的角色，自然而然地给人带来一段历史变迁的时空回忆。

　　"一群有意思的人，在一个有意思的地方，做有意思的事情，赚有意思的钱，过有意思的生活。"这是部分人对佛山创意产业园的形象描述。而进到产业园里面，便能够真切感受到这种系列化的"有意思"。创意的春风荡起潮玩的浪潮，创业者从中可以赚到钱，消费者更是心甘情愿地掏腰包。

　　业态集聚度高，是佛山创意产业园获取首批国家级夜间文化和旅游消费集聚区的特色优势。这里聚集着游览、购物、娱乐、美食等丰富业态，它们用创新的场景和前卫的商业文化满足客人的"打卡"消费需求。产业园里，夜间可游览区域和夜间营业项目占的比重很大，正是这种规模效应形成了星空下繁华的夜游盛景。

　　民以食为天。夜间的"游民"，自然少不了对美食的消费。各类餐饮在此汇集：品牌粤菜、米其林餐厅、小吃茶饮、知名酒吧应有尽有，能满足不同的人的需求，似乎要让来自四面八方的客人有机会品尝到不同的人生滋味。

　　"泡泡市集"，大人和小孩都喜欢的地方。摊位上摆满了精美工艺品、小玩具、伴手礼等，琳琅满目，见之诚欢诚喜。夜色下在集市里逛逛，有一种悠闲自在的轻松和愉悦。

　　进到一间打着"型男公社"招牌的店堂，一位英俊的男服务员接待了我，他说："我们家专门出售时尚男装，因为服装有特色就打了'型男公社'的牌子。"在产业园内，不仅店铺形态多样，而且类似这样有趣的店招还不少，这

也是吸引客人的地方。

市集的街区和摊位，写满了诙谐有趣的广告语："我把自己吃圆就是为了不被人看扁""干饭不狠，地位不稳""滚烫的热情，痛快地享受""要成功、先发疯"……一看就想笑，算是到此一游的开心时刻。

为了让游客开心，创建于 2007 年的佛山创意产业园从未放松对产品的迭代，动员入驻企业在创意创新中做活生意。

虽然在配套服务等方面仍有瑕疵，但能够感知到他们整改和提升的决心。游客接待中心庞佩瑶姑娘给了我一份材料，里面介绍说佛山创意产业园要成为佛山的"城市成长中心"，由物质消费升级为精神消费。我以为，准确的说法应该是升级为物质与精神兼具的消费，或者说上升为情感消费的场所。他们未来计划"围绕梦想、健康、创造力和爱"几方面内容，打造出"25h 玩乐公园"、企业孵化器、旅游、成长教育等新产品。

一个以创意创新为支撑的夜间文化和旅游消费集聚区，是值得大家期待的。

佛山创意产业园若沿着创意产业化、产业创意化的路子继续前行，用夜场景拉动夜经济、培育新动能，它的夜晚将更加华灯璀璨。

2022 年 2 月 26 日

写于广东佛山

大报恩寺成了"网红"地

从南京市的夜泊秦淮酒店出发，几分钟后便来到了位于秦淮区中华门外的大报恩寺。

"咱们现在参观的大报恩寺，属于'网红'打卡地。"旁边一位游客的话出乎我的意料，一个在历史遗址上重建的寺庙，怎么会和"网红"打卡地扯上关系？

走近大报恩寺，站到户外中轴线上，眼前是饱经沧桑的古山门（金刚殿）和古桥遗址，举目望去却是耸入云霄的琉璃宝塔。历史遗存与现代建筑摆到一块，这样的场景令我们既敬畏历史，又不至于萌生沉重的心绪，同时也别开生面地拉开了此次参观的帷幕。

入到寺内，科学的展陈和智能化介绍，让我对大报恩寺的历史肃然起敬。该寺起初是明成祖朱棣为纪念明太祖朱元璋和马皇后所建，明永乐十年（1412 年）于建初寺原址重建，历时 19 年，施工极为考究。据说，当年建有殿阁30 多座、僧院 148 间、廊房 118 间、经房 38 间，系我国历史上规模最大、规格最高的寺院，被称为百寺之首。

沧海桑田，这里竟成了遗址！

2008 年，大报恩寺前身的长干寺地宫出土了震惊佛教界的"佛顶真骨""感应舍利""诸圣舍利"和"七宝阿育王塔"等一大批世界级文物，成了国内规格最高、规模最大、保存最完整的寺庙遗址。由此，被评为"2010 年度全国十大

考古新发现"，并被国务院核定公布为全国重点文物保护单位。

珍贵文物重在保护，更在于启迪后人、温故知新。2012年，为保护遗址、传承文化，当地政府正式开工重建大报恩寺（遗址公园），并于2015年12月16日上午10点18分正式开园迎客。

我用大半个下午的时间参观完了大报恩寺。一路看，一路感悟。除了解它的起源、沿革和宗教历史文化外，还特意觅寻了"网红"打卡地的成因，梳理出如下四条浅薄之见。

一是设计成就了创意。参观过游客服务中心、遗址博物馆、琉璃宝塔、碑亭、三藏殿等地方，首先要点赞的是设计者的睿智和创意。四周展馆、中间塔地的布局，创造出围合感之"热度"，人们，尤其是年轻人在游览过程中不会感觉寂寥、孤单，有效营造了充实丰富的空间环境；地下遗址采用主题性分层展陈设计，将文

物古迹透过玻璃完整地呈现给游客，十分直观地从玻璃窗享受观展的乐趣；备受瞩目的琉璃宝塔复建，并未按照历史原样花费巨资建设，而是以轻质钢架玻璃塔的形式重现，在保护遗址的前提下赋予其象征意义。

二是景观引来了客流。大报恩寺的内外景观，庄重中不失新潮。它不艳丽，保持着历史古迹的尊容，但也不缺美感，在景观打造和内部装饰方面，它别出心裁，成为游客争相打卡的地方之一。

三是科技烘托了价值。复建后的大报恩寺，不乏科技亮点。地下千年的文物价值得以提升，科技与艺术的力量吸引着人们的目光。文物的光影再现，展陈的高超技术，演绎历史故事的球幕电影，特别是 8000 多根光纤和 8000 多颗水晶珠子组合成空灵悬浮的 3D 立体佛像，展示出现代科技加持与艺术赋能后，大报恩寺的传统力量与时尚价值。

四是服务契合了需求。遍布各地的寺庙，大家都再熟悉不过了，服务上基本没

有太多的新招。而大报恩寺的接待服务和体验项目，在设置上却别具一格。接待服务实现系统化、智能化和人性化，游客能在非常自如的情形下游览。寺里还设有"报恩体验""素味谋面""七步生莲"和 VR 体验馆、念兹堂文创商店等店，创意均很用心。

大报恩寺已成为人们旅游的打卡地。

2020 年 7 月 14 日
写于南京

大美篁岭

　　大美篁岭，名不虚传，但大美并非晒秋。

　　篁岭，地处江西省上饶市婺源县的一个山地村落。据清朝道光年间《婺源县志·山川》记载："篁岭，县东九十里，高百仞。其地多篁竹，大者径尺，故名篁岭。"也就是说，这个地方古时因山上产一种叫"篁竹"的竹子，才得名篁岭。现今，由于有晒秋的"大美景致"而名声大噪。

　　篁岭因晒秋出名好些年了，我去年才去。一天游览下来，只想说一句话：篁岭大美并非晒秋。

　　把原本漂亮的地方，进行各种包装来吸引游客眼球，

这在旅游业发达的今天，无可厚非。镜头对着刻意摆设的东西，整出一幅幅"艳丽"的画面，接着借助媒体出名的旅游景点确实不少。篁岭，似乎也算是其中一个。作为旅游工作者，司空见惯，甚至还会给予理解。只是这样做容易将本来存在的真实美给忽略了，造成只见树木不见森林的认知错误，不免有点可惜。

我去篁岭的时候不是晒秋时节，而是汗流浃背的夏天。山地上，徽式商铺林立的"天街"，用300多米的长度和六百来年的岁月，展现了篁岭村曾经的辉煌和今天的繁荣美盛。我被眼前街区的气度和建筑美景震撼到了，不敢相信这个山居村落居然藏有这般大美的古老街区。先前从媒介看到并记在脑海的一户户支架艳景，顷刻被实景画面给替代。

我眼前的大美篁岭，美在

独具匠心的规划。山谷里，一条气派的街道把经典古建筑串接起来，犹如空中玉带在半山腰飘舞，煞是瑰丽；而将数十栋房子在百米落差的岭谷中排成如此错落有致的民居集群，需要何等的智慧和眼力？整个篁岭村的规划，科学、卓越、完美。

美在精致奇巧的建筑。古时徽州村落的建筑，自然属于"徽派"建筑。可贵的是，篁岭山区建筑不比徽州平原重镇的建筑逊色，且更具特色和韵味。青石板或灰砖铺就的街巷两旁，每栋房子都值得我们去细细品味。除宅院的特殊开式和结构外，房子的门墩、门楣、房檐都有不少精美雕刻。木雕、砖雕、石雕，均呈现出奇巧的技艺和特有的美感。

美在依旧保持着生活的状态。受旅游开发影响，篁岭一些民舍已改为旅游商业用房，但还有部分原住民仍在这里生活。不管怎么说，生活气息还算浓郁，没有完全变成商业化村落，对于"内行看门道"的人来说，这才是真正有价值的地方。因为，从当地人生活的衣食住行、生产劳动、家庭景况和风俗习惯方面，可以捕捉

　　和发现生活中细微且本真的美，这恐怕也是人类审美追求中的较高境界。

　　那么，回过头来说篁岭晒秋还算不算美？当然算，但那是依托于大美规划、大美建筑、大美生活状态下的美。晒秋之美，不是篁岭的本源之美。在我看来，它是特意为"营销"准备的，带着夸张色彩的图景，更属于装饰之美。如果说，晒秋是篁岭独特的民俗文化，那么它的美无可否认，问题是一些宣传图片里"晒"的是非生活本真的物品，而是啥东西颜色好看就"晒"啥。虽能满足一时眼福，但它与真实生活毫不相干，大多数的人更看重真实生活场景中的大美。

　　我们不妨再拔高一点来看，引导大众审美情趣的事情，关乎一群人、一个民族审美价值的取向。无论是人们平时对于美的认知，还是出于吆喝的需要而进行的营销宣传，都不该忽略本源的东西。应该努力培养优先喜爱自然真实美的习惯，不然就会本末倒置、舍本逐末。

2017 年夏天
写于温州

额尔古纳的深秋

    2021年深秋，我和几位朋友组成旅行团，到了我国最北的边境城市额尔古纳市。那边的秋景色彩斑斓、撩人欲醉。树木、气候、景观随秋日时光的流逝而改变，让人感悟到自然界的东西从不停歇、总在变化。

    一片落叶，一季秋。

    额尔古纳是内蒙古自治区呼伦贝尔市的一个县级市，位于大兴安岭西北麓、呼伦贝尔草原东北端。这里有着非同寻常的气候特征：寒温带大陆性气候，年平均气温在 −2.0℃~3.0℃之间；春季温度回升急剧，多大风天，降水少且变率大；夏季短暂，雨量充沛；秋季降温快，初霜

早；冬季寒冷漫长少降雨，但空气的湿度很大。

经过短暂的夏季，当秋风吹落第一片叶子时，预示着额尔古纳多彩秋季即将到来。当地人说，我们来之前这里的秋天和眼前是不一样的。那时秋风还带点柔和，各种树叶只是慢条斯理地飘落；阳光和煦，气温仅有些微凉。当我们来时，秋天已经决然投入深秋的怀抱了。山林蜕变成红色，寒风萧萧，随之而来的，是强劲秋风下的落叶纷纷。

那天上午，去游览额尔古纳湿地景区。先是参观了精致的湿地博物馆，大致了解了景区的基本信息、所拥有的植物群落及代表物种，还观看了有关根河和额尔古纳河的图文介绍。

出了博物馆，放眼湿地景区，深黄色为主色调的秋景广阔壮美。迎着萧瑟的秋风，踩着半山腰木栈道上的落叶，一路前行。近处，花草树木随风摇曳，兴安翠雀花、并头黄芩、多茎野豌豆等近在咫尺，惹人喜爱；俯瞰远处草原，根河似银色玉带弯弯曲曲地流淌其中，形成闻名的 S 弯，招来无数游人把镜头对准它，留下额尔古纳湿地秋天最美

的画面。

　　风起，叶落，这是额尔古纳深秋常见的景象。人们喜欢将它喻为一种忧伤，而我却没有这般悲观，觉得这趟额尔古纳之旅最值得欣赏的风景便是秋风吹落叶。站在林中，只见一片片叶子明知终将离开树枝，仍毫不含糊地把自己打扮得光彩夺目。就算离枝飘落，也随风起舞，潇洒离别。静听落叶坠地的声响，待归于沉寂之后，它将融进泥土去滋养新的生命，这何尝不是一种生命的延续。

　　片片秋叶的落下，它们代表着一个秋季的到来和完结。

　　一场秋雨，一场寒。

　　在额尔古纳的一天下午，突然下起了大雨。事先没有一点征兆，说来就来。秋风飕飕、秋雨寒冽，气温骤降，雨中的边境城市顿显寂然。晚上，坐车在额尔古纳市区转了好些地方，才找到一家满意的餐厅。

雨越下越大，入住的城郊酒店，从车上拿行李到大堂都有困难。酒店是两层结构的木房，我住在二楼。窗外寒气弥漫、雨帘密布，唐代诗人温庭筠"凭轩望秋雨，凉入暑衣清"的诗句用在此时很是应景。

第二天醒来，雨过天晴。出了房间，晨风裹着浓浓寒意，明显比前些天冷了许多，手脚都有被冻僵的感觉。

一大早，我们就去俄罗斯族老乡家参观。房东是一对母女，热情好客，不仅向我们介绍了当地俄罗斯族的情况，还告诉我们昨天这场秋雨过后，额尔古纳很快将进入寒冷而漫长的冬季，旅游的人开始稀少，当地像她们家一样接待游客的俄罗斯族老乡，过几天都准备歇业了，要等到来年的 5 月才重新开张。

额尔古纳市有个恩和乡，是全国唯一的俄罗斯族民族乡，旅游业是当地的主要产业。下午，我们到了恩和乡，发现大多民居为俄式"木刻楞"房，院子里种上鲜花，颇有异域风情。当地建有不少旅游接待设施和各种餐饮店、

旅店，遗憾的是由于天气寒冷，这边已经看不到多少来旅游的人了。

晚上，赶到内蒙古最北边的中俄边陲小镇室韦，这里曾获得"CCTV全国十佳魅力名镇"的称号。住在镇上，有机会观赏到夜幕下的小镇风情。蒙兀室韦广场的篝火、能歌善舞的俄罗斯后裔、夜色深处的特色小木屋无不诠释着边境小镇的风土人情。

顶着寒风，散步至蜿蜒的额尔古纳河畔，隐约可见河对岸低山矮坡上的俄罗斯边境村落。时下，无论是室韦还是对面的俄罗斯村落，它们都正等待着冰天雪地的洗礼。边境线上成排的白桦林，在萧萧寒风中叶子已所剩无几，仿佛告诉着人们：额尔古纳的冬季即将到来。

身在北方寒冷的夜晚，不容易犯困。没有睡意的我们，在镇上找了家小店，点些小菜，喝点小酒，不仅可以借酒暖身，还有了一种"好酒醉时光"的酣畅。

一夜飘雪，一朝冬。

9 天的内蒙古旅程将近尾声。离开室韦出发去根河的头一天夜里下雪了，整个额尔古纳"换"上了冬天的景象。

经过莫尔道嘎国家森林公园"最美公路"时，大雪漫天。不同于江南的雪景，这边的雪大部分落于森林中，由兴安落叶松、樟子松、白桦、黑桦、山杨等树组成的树林，成了雪花飘舞的世界。雪花在林间飘洒，像一片片羽毛；树梢上堆积的朵朵白雪，又像"千树万树梨花开"，好一派雪妆玉砌的风光。

雪花，装扮了初冬。接下来的日子，会因为雪与冰的光临，让额尔古纳，包括莫尔道嘎国家森林公园，经历冰天雪地的漫长时光。而我们也打点行装，告别从深秋刚入冬季门槛的额尔古纳，回到风轻日暖的家乡——温州。

2021 年 9 月 29 日深夜
写于海拉尔尼基金酒店

梵净山下寨沙侗寨

贵州省境内的梵净山吸引着越来越多的游客，他们中许多人和我一样，借机取道寨沙侗寨，把登临梵净山金顶的艰辛和慢游侗族村寨的悠闲结合，不失为一条绝佳旅游线路。

距离梵净山景区大门仅 3 千米的寨沙侗寨，是一个侗族聚居的少数民族村寨，是贵州省民族团结进步示范村。村寨不算大，但民族风情浓郁，集侗族文化、农耕文化、生态文化于一体，折射出独特的魅力。

侗族历史悠久，一般认为是从古代百越

的一支发展而来。大概在隋唐时期，逐渐形成单一的民族。主要从事农业，以种植水稻为主，兼营林业，农林生产均达到相当高的水平。侗族主要分布于贵州省的黔东南苗族侗族自治州和铜仁地区、湖南省的新晃侗族自治县、广西壮族自治区的三江侗族自治县和龙胜各族自治县等地。寨沙侗寨，属于侗族村寨的典型代表。

行游寨沙侗寨，是一番观赏，更是一种享受。

整个寨沙侗寨按照庭院式错落布局，别具一格；隐于绿树浓荫之中的石板路连着78幢侗家木楼，辅以流水布景，自然而恬静；用于"踏歌而舞"的圆形广场，雅致宽敞。广场一角，一座钟鼓楼耸入云霄，成了当地的标志性建筑物；钟鼓楼下的业余唱歌队，把流行于侗族的"大歌"唱得娓娓动听，用独有的歌调迎客进寨；站在广场上远眺若隐若现的云海山

脉，高远飘逸，宛如仙境。

寨沙侗寨是富有诗意的。建筑和环境的塑造，融入了侗族人善于创造美的生活追求和"诗意生存"的生产生活方式以及乐观浪漫的民族气质。寨子周边的生态良好，毗邻江口国家湿地公园，一条太平河穿前而过，清流涓涓、微波拍岸。那座横跨河岸直对寨门的吊桥，成了出入村寨的主通道。河流、吊桥、寨门以及树木、花草、绿地，编织出优美胜景，每天吸引着无数摄影爱好者前来旅拍，还成了远近闻名的婚纱照拍摄地。

赶上好时代的寨沙侗寨，依托国家 AAAAA 级旅游景区梵净山，着力发展特色乡村旅游。全寨办起了 74 户农家乐，乡村旅游从业人员占总人口的 80% 以上，每日可接待 800 余名游客在寨里吃住。

侗族的美食以酸辣为主，有"侗不离酸""侗不离鱼"的饮食习惯。侗族酸肉、打油茶、腌酸菜、黑糯米饭、烧鱼等，都是游客们喜欢品尝的美食。吃住在寨沙侗寨的游客，能够近距离了解、体验与众不同的当地文化和侗族生活。

2019 年 10 月 19 日晚
写于铜仁凤凰机场

飞越高峰的旅行

　　尼泊尔，这个珠穆朗玛峰南边的国家，一直让我心存向往。传说中的原始、淳朴、神秘，总不时地撩动我旅行的欲望。由于各种原因，长长地期盼，却久久不能成行。2019 年雨季开始的时候，我终于有机会能飞越高峰，踏上尼泊尔这方神奇的土地，接受甘雨清露、晨霞星光和神灵吉辉的沐浴，成就一段灵魂与身体同行的旅程。

　　飞机降落尼泊尔中部谷地加德满都国际机场前，窗外还是阳光明媚、晴空万里，想不到落地瞬间便是狂风暴雨。硕大的雨点从天空中斜飘而下，落在机身、舷梯、摆渡车、停机坪上，溅起水花一片。每位从飞机上下来上摆渡车的旅客，无一例外被大雨淋湿，仿佛上天认为进入尼泊尔得接受一次雨中净身。

尼泊尔属南亚山区的内陆国家，位于喜马拉雅山脉南麓，北与中国相接，其余三面与印度为邻。作为农业国，大部分人口从事农业生产，具有丰富的生物多样性。大米、玉米、小麦、大麦、荞麦和马铃薯是主粮作物，烟草、甘蔗、黄麻和棉花为重要的经济作物。

雨季，对于尼泊尔人来说也许是大自然的恩赐。每年6月中旬至9月底的这段时间，是当地最重要的时节。人们期盼水量丰沛、风调雨顺，庄稼能有个好的收成。

选择雨季到尼泊尔旅行，有机会能在原生态环境里体验一番雨趣，领略相对原始的农业生产场景，遇见点缀于山水间弥足珍贵的历史遗迹，从中获取一份难得的异域生活经历。

此次尼泊尔7天之旅，重点是位于尼泊尔中部喜马拉雅山南坡久负盛名的风景地——博卡拉。从加德满都到博

卡拉大概 200 千米的路程，汽车却走了近 7 个小时。虽然路况差了点，但一路上能够看到尼泊尔城乡自然真实的景象和蕴含的发展前景。

在博卡拉的 3 天，我们都住在费娃湖鱼尾山庄。这是一家坐落于半岛上依山傍水的度假村，进出隔着一条河，需要用拉绳船摆渡，虽然有些古老，但营造了与众不同的氛围。

鱼尾山庄始建于 20 世纪 60 年代，湖光山色的美丽景象、青石屋顶的低矮平房、鹅卵石铺成的小路、绿茸茸的草坪，呈现出一种自然而有人文情怀的奢华。微风花香、空气新鲜，我搬了张椅子坐在客房前的草地上，一坐便是半天。生活变得慢条斯理，心境舒安清雅。

清晨，可以前往萨朗科近距离观看安娜普娜群峰和鱼

尾峰的日出。霞光慢慢爬上喜马拉雅山脉，染红了几座高峰。就在人们不注意的时候，蓦然间，一轮红日跃出山冈，毫无保留地把万丈光芒全盘交付给了人间。这是我见过海拔最高的日出，我在仰望，更用敬慕的目光注视那高山之巅喷薄而出的太阳！

　　很庆幸，在博卡拉的几天晚上都没下雨，天气晴好，鱼尾山庄户外的任何地方都能见到满天星光。在广阔的视线里，数着天上的星星，居然这般省力和惬意；有星光陪伴的他乡旅途，一种特有的和美与温馨在心底油然而生。当然，这次旅行更应该感谢同行的两位朋友和我爱人，我

们一起看星星、散步、聊天，倍感幸福和开心。

从博卡拉返回加德满都后，参观了世界文化遗产博达哈大佛塔、始建于 2000 多年前的佛教寺庙斯旺那布庙、著名的帕坦杜巴广场及其周边的庙宇，我深悟了宗教对于这个国家的意义。中国和尼泊尔一山之隔、互为近邻，祈愿未来，中尼两国和两国人民有更多跨越高峰的边贸和更多穿越高峰的文化交流，而不只是飞越高峰的旅行。

2019 年 7 月 6 日
写于加德满都

风景，独库独好

　　新疆独库公路是一座丰碑，令人景仰。

　　1974 年，战士们在十分艰苦的条件下，跨越山峰、凿通隧道，用长达 9 年的时间修筑了这条国防战备公路。因泥石流、雪崩等原因，当时有 168 名战士在工程建设中牺牲。这条英雄之路的建成，在天山之巅树起了丰碑，也成了人们永远不能忘却的纪念！

　　它是一条景观公路。从克拉玛依市的独山子到阿克苏

地区的库车，561 千米的路程，沿途风景美不胜收。北段新奇，中段俊秀，南段壮美，被誉为中国最美公路，可谓风景独好。

由于天气原因，独库公路实行冬季交通管制，每年仅开放 5 个月左右。2022 年，独库公路于 6 月 10 日恢复通车，18 日我们抵达乌鲁木齐，在拜访几位老朋友后，于 20 日自驾上了独库公路。

这条纵贯天山南北的高山公路，我们计划用 3 天时间分段行驶，不会很累，又能兼顾游览周边的一些景区。

第一天的行程为独库公路北段中的独山子到乔尔玛段，晚上入住唐布拉一处营地。初识独库公路，心境随飞驰的越野车十变五化，有横贯山岭的豪迈，有连绵逶迤的期待，

有回环曲折的不安，有高低起伏的忐忑。这样的路况一如人生，我们的人生之路又何尝不是这样？

从乔尔玛出来后，取道唐布拉，欣赏百里画廊风景区诗画般的景致。蓝天白云、雪岭云杉、草原河流、毡房营地，恰似一幅大自然美轮美奂的画作，给人鲜明而纯粹的美感。

第二天的重点在于独库公路中段的大美景色和那拉提草原。汽车在山路上盘旋急转，心情格外紧张时，窗外的风景却接续交替变换，这样看风景真的够刺激。当然，合适的地方可以停下车来，静静地观赏公路两旁绝美的景观。陪同的新疆朋友说："独库公路从乔尔玛至巴音布鲁克这一段是最美的。"今天的车程就是其中一部分，雕塑般的悬崖峭壁、奔流不息的峡谷河流、绿草如茵的山坡草场、喜好登高的山脊羊群、缓缓升腾的袅袅炊烟……一条路，路景如画。

下午，我们进入那拉提国家 AAAAA 级旅游景区。作为世界四大河谷草原之一，立体而耀眼属于它独有的气质。远处雪峰白雪皑皑，雪峰下草原山泉密布、溪流似网，那些繁茂的块状森林和撒落在碧绿草地上的雪白毡房，充满牧歌式的浪漫诗情。出于留恋，当晚我们就住在景区里的一个自驾车驿站。

第三天，从那拉提出发，上独库公路经过巴音布鲁克草原和天山神秘大峡谷到达独库公路的南边终点库车，晚上赶到阿克苏的拜城过夜。这一天，除了观赏独库公路沿途大小龙池等风光，还顺道游览了两个大牌景区：中国第二大草原巴音布鲁克，广袤无边、野花似锦、天鹅栖息、河湾蜿蜒；天山神秘大峡谷，山崖红褐、景观独特，是新疆地质奇观的一个缩影。缘于慢游独库公路，才有机会亲近这么多的风景，让人有一种大饱眼福后的满足与快乐。

独库公路沿线建有不少营地和驿站，它们各具特色、别有风趣，为驾车游览独库线的旅者提供了休息的好去处。主题派对、烧烤美食、篝火舞会等，已然呈现出新疆旅游旺季到来的景象。不必担心独库公路的配套服务设施，但提前做好攻略却是顺利驾车游览独库公路的"秘籍"。

2022 年 6 月 23 日
写于喀什

赋闲长白山下

位于吉林省抚松县的长白山国际度假区，占地 21 平方千米。它是按照旅游产业发展需要，为实现旅游资源聚集，有效发挥特色旅游功能而设置的地域空间，即旅游功能区。我对此地情有独钟，已经是第二次来这边度假了。

一

晨风掠过青青的草地，吹皱池水一片。眼前是佛库伦夜市，就在几个小时前，这里还是人山人海。来自四面八方的客人汇集于此，他们品尝着各式各样的小吃，说着天南地北的方言，尽享出门旅行、度假时"快乐熬夜"的乐趣。除了佛库伦夜市，隔着一条马路上的休闲商业街区，同样是灯火辉煌不夜天。客人们可以体验汉拿山温泉、品尝各种美食、去各个店铺选购正宗的土特产……在这个夏日之夜，释放全部的兴致与热情。

上次来是冬天，这里完全是另外一番情景：皑皑白雪下，商家用通亮的灯火迎候客人；用东北特有的杀猪菜和高度酒，来烘暖身处异乡的人们的身心。冬季里，这里照样有着火热的生活气息。

长白山下总是清风习习，让你驱除夜间消遣后的疲惫不堪，打起精神去体验更加多彩的旅行度假生活。夏日滑草、冬日滑雪，最舒适的是无论在哪家酒店下榻，都有意想不到的独特享受。可以说，这个旅游功能区的国际度假服务品质属于上乘。

二

长白山是当地人安身立命的重要资源。

人们到长白山旅游，可以选择北坡、南坡或西坡上山看天池，但大多数人是从北坡上山的。这次来的第二天，我们就去登了北坡。仅隔一天，为庆贺我的生日，爱人和几位朋友又鼓励我从离住地比较近的西坡再登一次长白山。

登西坡和登北坡、南坡不同的是，车只能行至半山腰，剩下 1442 级台阶的山路得靠自己的双脚了。对于我这个"职业旅行家"来说自然不算难，但我看到不少人还是蛮吃力的。不过真走不动也有法子，掏腰包花 400 元坐轿子也能上山。

登顶后，风景别致。以前来长白山看到的都是北坡风光，无论是冬天还是夏日，所见山峦挺拔而尖刻、周围环境萧瑟而冷峻。但这次浏览西坡风光，差别明显。柔和的天池，水波潋滟；看得见的山体平坦秀气，似一圈绿意盎然的屏壁将天池紧紧地搂在怀里。

下山回到酒店，闲坐于房间沙发上，想着从前看过的长白山北坡和今日西坡的景象差异怎么会如此之大？也让我联想到换个角度看问题的重要性。世间万物，千姿百态；

　　不同视角，所见各异。多方位观察、辩证地看待，为世人处事之要略。而人在旅途，更应学会多方体验，多视角观赏，由此受到启示或感悟，才算有意义的旅行和度假。

　　这次赋闲长白山下，也算有些启发和感悟。

2017 年 7 月中旬
写于长白山

高原的圣洁

我的丁酉年开运之旅选择了西藏，企望躯体与灵魂都沐浴到高原的一缕春风。

一

晚上从西宁出发，在火车有节律的晃动中睡上一宿。早晨醒来，车外已是银装素裹。夜间下的雪，覆盖了青藏高原的广袤大地，站在车厢过道上望着窗外，感觉火车在一幅神圣而洁美的图画上行驶。

　　远处起伏的山峦，与皑皑白雪融为一体。近处不断掠过眼帘的电线杆和牧民的房子，在风雪中依稀可辨。那条同火车轨道几乎平行而建的青藏公路上，一辆辆冒着鹅毛大雪奔驰向前的汽车，给眼前的风景添加了难得的动感。

　　火车渐渐驶向高原深处，雪下得更大了，空气中的氧气越发稀薄，车上不少乘客出现高原反应。直到傍晚抵达拉萨前，车上还有不少人戴着管子吸氧。然而，一路上车外频频可见的牦牛群，它们却在天寒地冻且缺氧的雪地里悠然自得，这让我领悟到大千世界生灵们适者生存的道理。

二

　　3 月游西藏，按常理来说有点早。但这飘雪与春晴交替的时节，却让我们遇见了意想不到的神奇景观。

　　从拉萨到林芝，汽车要翻越海拔 5013 米的米拉山口。万山之巅的山口上，风声猎猎。春日的阳光洒在山口，映照出别样的光艳和晶莹。随风舞动的五彩经幡，在大地与

苍穹之间营造出无与伦比的景象，仿佛每一个来到山口的人都能将虔诚的愿望传递到上苍神灵，祈求神的庇佑，获取一份缘于雪山圣洁的心理慰藉。

翻过米拉山口，便到了"西藏江南"之称的林芝地区。这里每年4月都会举办桃花节，可我们却在3月先睹为快了。尼洋河畔，性喜阳光的桃花，在春风暖阳下初放，花态优美，色彩艳丽，饱含桃红报春的喜庆兆头，令观赏者欣悦祥和的心境油然而生。

住巴松措景区那夜下了一场大雪，次日早上去参观民俗村和苯日神山时，沿途未融化的积雪、高原初春的绿意、变幻多姿的云团和江河腾起的雾气，变幻着组合，构成了千变万化的绝美景色。有趣的是，大家都知道洁白的哈达代表着敬意和吉祥，而就在这一天，我们好几次看到山体间出现哈达状的云带，洁白飘逸，煞是迷人。这些"哈达云"，或许是这片土地上人与自然相知相通的神奇迹象。

雪后晴天，正是探访雅鲁藏布江峡谷的好时机。透过一碧如洗的天体，清晰地远眺海拔7782米的南迦巴瓦峰，九峰连绵，一览无余。入住雅鲁藏布江畔的喜马拉雅大峡谷酒店，无论是在房间还是户外，目光所及之处均可收纳江天一色。这家迎江而卧的酒店，完全融入了大自然的怀抱，店前江流缓缓前行，天边几抹晚霞映衬下的雪山格外安详，在如此舒适的环境之中，内心全然没了杂念，滋养出的是圣洁的心气和一种闲下来、静下去的生命状态，大有"心收静里寻真乐，眼放长空得大观"的绝妙意境。

三

行走在拉萨，可以梳理一下情绪，感受这座城市独有的浪漫和庄严。去过八廓街的人，应该都知道玛吉阿米餐厅，传说是仓央嘉措当年与玛吉阿米幽会的地方。那天夜晚，我拉上几位旅友，在打烊前半小时造访了它。黄色的小楼，颇有藏式风情和浪漫情调，还有那么一点岁月沉淀的艺术气质。上二楼入座，茶几边摆着一排留言本，里面写满了来自世界各地旅游者的感想。喝杯甜茶的短暂时光，足够体味当年仓央嘉措与那位月亮般纯美少女相遇的情形。我们无需考证这家餐厅与那个浪漫的爱情故事到底有无关联，只想在此停留片刻，感知当年故事主人公赋予爱情的那份圣洁和浪漫，体味《仓央嘉措情歌》对于人间情爱的那种直抒胸臆和真情流露。

在那东方山顶

升起洁白的月亮

玛吉阿米的脸庞

渐渐浮现在我心上

如此感人的诗句，创造了藏族文学史上极其美妙的爱情文学词汇。如果说这个夜晚我在玛吉阿米餐厅喝了醇香的甜茶，倒不如说在这里品尝到了那段圣洁、无暇、纯真爱情传说所演绎出来的一份甜意。于是，我翻开留言本，写下"甜茶里透着甜意，圣城中遇见圣洁"的感言。

从玛吉阿米餐厅出来，路过大昭寺，想不到这个时间点，这里仍是一片朝圣者夜以继日顶礼膜拜的海洋，他们在夜色下虔诚地伏身叩拜。当信仰的种子和梦想的希翼聚成圣洁的向往，就会拥有无比宽阔的心胸和坚毅的力量。

2017 年 3 月中旬
写于拉萨

古北水镇：新建如旧大乾坤

　　有人说，古北水镇是"盗版"的乌镇。一开始我还不太理解，直到 2019 年 5 月 18 日傍晚到次日上午 11 点在古北水镇的旅行体验，才让我对这个首都城郊的旅游小镇有了大致的认知。

　　作为江南人，从走进古北水镇的那刻起，就有似曾相

识的感觉。的确，它和我去过多次的乌镇很相似：纵横交织的河流、江南常见的石拱桥、滨水民居和商铺、沿河的长廊、依水而建的美人靠……

端量一番，"古老水镇"的房子、道路、河流、桥梁大多属于新建，只是工匠们功夫了得，建新如旧的本领到了可以以假乱真的程度。说句玩笑话，这个地方除了司马台长城和巍峨的山体外，其他所见到的东西几乎都是假的。

假的，为啥还能招揽到这么多的游客？因为这其中蕴含着大美大乾坤。

水镇问世时就带有江南基因。中青旅控股股份有限公司和乌镇旅游股份有限公司，都是古北水镇的投资者。一家是乌镇的运营商之一，另一家是土生土长的乌镇企业，他们携手来到北京市密云区古北口镇投建古北水镇，一不

小心就把乌镇的种子给留下来了。部分游客对于这个原本
应该在江南的"文旅作品"，置于北方土地上觉得有些怪
怪的，可我的认知不同。正因为古北水镇带有江南的基因，
才使得它在当地的旅游产品中具有差异性，所以容易引起
周边游客的兴趣。何况，古北水镇选址于司马台长城脚下，
借长城的名头，结合自身的特色，组合成了一个不可多得
的旅游景点。这样一来，不只是周边的人喜欢，就连外国
游客也倾情于此。古北水镇之大美，由此而来。

　　在水镇溜达，许多东西让我们倍感亲切。小小的店铺、
小小的庭院、小小的戏台、小小的亭阁，太多的"小小"
却蕴藏着大大的乾坤。当你走进老北京茶汤小店，品尝到
的是地道的京味小吃；当你穿过小小庭院进入那间挂满年
画的房子，心里是满满的吉祥喜庆之意；当你站在路边听

一段小戏台上的《杨家将铁板书》，仿佛穿过时间隧道目睹了一段历史风云；当你趁着夜色拾级而上，登上小亭，眺望水镇的夜色美景，清风明月、光影人间，眼前就是一幅天地大作。

古朴的水镇，给人太多的怀想与期待。年尊者，在如旧的空间里触景生情，过往岁月的欢悦与伤感都变成怀旧的长线，牵引着寻觅的脚步走向记忆深处；年轻人，在好奇的世界里，体验着林林总总的新鲜事物，内心充满了遐想与向往。此时，人们在何处旅游度假已经变得不再重要，重要的是让时光与心灵同行。

2019 年 5 月 19 日
写于北京诺金酒店

古道暮色

　　广东韶关，算得上是有看头的地方。

　　南华寺、丹霞山、珠玑古巷、梅关古道都是我喜欢的地方。可惜时间安排有点紧，下午去珠玑古巷和梅关古道"二古"景区游览，从珠玑古巷赶到梅关古道时已是傍晚。

　　暮色中，跋履山川，翻越梅岭，领略了一番古道的萧瑟之景。黄昏时分，原始的碎石路面、飘洒的落叶、两边对峙的峰峦、晚开稀少的梅花，让这条全国保存最为完整的古驿道显露出浓浓的沧桑感。

　　今天，古道对我们来说，更多的意义在于探访古迹能温故而知新。梅关古道也不例外，它有许多东西供我们数往知来。到梅关古道的游客，大多行至半山亭会停下来歇歇脚，也方便在周围参观珍贵的历史遗迹。半山亭几米之隔的接岭桥，架于溪深水急的梅山水上，是古驿道上重要的桥梁，始建于唐开元年，于明代弘治年间重建。桥梁采用了麻条石砌成的石拱技术，至今对造桥工程仍有借鉴意义。

　　游历古道，遇见亭、碑、祠、庙、桥并不稀奇，但梅关古道上至今保存完好的饮马槽，实属珍贵。相传这饮马槽始于北宋年间，当时南来北往的官员、商人和平民经此而过的人数众多。史料记载了"长亭短亭任驻足，十里五里供停骖，蚁旋鱼贯百货集，肩摩踵接行人担"的景象。在这众多人里面，不乏骑马而过的，翻山越岭长途跋涉的马饥渴难忍的时候，饮马槽是它们补充水分不可或缺的东西。虽说饮马槽如今已失去往日的作用，但佐证着古道曾经作为主要交通要道的历史。同时也告诉我们所有物件其功效总有一天会有所改变，对任何物件一成不变地沿袭或制作大可不必，毕竟环境和条件均会发生变化，历史的真谛是创新发展。

古道顶端便是大名鼎鼎的关楼。过了这座关楼就从广东走到了江西，故有"一步跨二省"之说。因历史上战争频发，关楼累圮累修，现存的是明万历二十六年 (1598 年) 重修的。关楼南北门上方都有石匾，南面刻有"南粤雄关"四个大字，北面刻的是"岭南第一关"五个大字，它们用苍劲有力的字体和内涵丰富的寓意向世人叙述了关楼的历史地位与荣耀。

关楼，原本是城上供瞭望用的。我国有名的关楼有玉门关关楼、嘉峪关关楼、剑门关关楼、居庸关关楼等，眼前这座关楼却有着与众不同之处。它不建于城墙之上，而是被两峰夹峙，盘踞于地势险要的梅岭之中，成了历代兵家必争之地。有意思的是，现今关楼供军事瞭望的作用渐渐褪去，岁月之刃却将其雕琢成供人观赏的风景，关楼形象也随之由彪悍变为素丽，这大概就是人们常说的时过境迁吧！

　　古道暮气渐重。一片灰色的云霭下，薄雾像一层轻纱笼罩下来，仿佛要营造某种隐约的恐惧感。试想当年经梅关古道赶路的谋生者，或是那些骑着战马出征的将士，遇见这样暮色四合的境况难免会紧张焦虑。可今儿，像我这样心中没有挂碍的游客，暮色中游览古道却是"心中无闲事，便是好时节"的另一番心境，欣赏着暮色围拢的一抹轻烟，享受着一方幽静、一种自在。

2018 年 3 月 2 日

写于广州馨园民宿

将时尚和天然同时攥着的小城

从西班牙驾车驶入葡萄牙后，我们开始找寻热门滨海旅游小城阿尔布费拉。途中，开开停停，不为问路，只因被沿途诱人风景所"阻拦"。一片片绿色的山坡、一个个风情别致的村落、一座座漂亮的房车营地、一家家海边度假酒店，让我们不停地下车又上车。这种驾车看景，大饱眼福的感觉特别好，印证了自驾游的畅快。

终于找到了阿尔布费拉，一座悬崖上的小城。在入城的路口，坐在车上就能看到小城临海的风景。傍晚，远处的夕阳透过云层，洒向海边山上那些错落有致、白墙红瓦的房子，小城仿佛披上了金色的晚装；风推着海浪扑向与众不同的红黄色相间的沙滩，翻起层层叠叠白色的浪花……可以想象，这样的风景已经足以让这座小城闻名

遐迩。

　　我们迅速把车开到小城的一处停车场停好，朝着海边奔去。从停车场到海边有一段上下坡的石头路，葡萄牙人好像特别喜欢这种一小块一小块石头拼起来的路，不过还蛮有特色的。因为小城建在山地，所以这里的街巷都不在一个平面上，它们是上下错落的、立体的，给小城添加了异于寻常的风情。

　　海边有许多餐馆和海鲜排档。一位餐馆老板热情地向我们介绍阿尔布费拉小城的范围和每年 7~9 月旅游旺季的盛况。他为自己在这里经营一家餐馆感到幸运。

　　我们见他热心，就到他店里吃晚饭。餐馆的房子有些年代了，看上去和欧洲其他普通餐馆没什么两样。进到里面才发现生意相当不错，只剩几个空位，我们选择了其中一个位置坐下。

　　店内装修很普通，没有什么特别之处，但十分整洁有序。我无意中瞧见柱子上有一块有些褪色的小小铜牌，隐隐约约看出上面写着餐馆开于 1895 年，这着实令我惊讶。

我不得不钦佩这位餐馆老板，在向我们介绍阿尔布费拉小城的时候没有为自己的餐馆带上一句宣传的话，更没有在店里用某种特别的方式来炫耀餐馆悠久的历史。只有厚道人，才能如此豁达地谋生；也只有这样坦然的店家，才配得上本性天然的滨海小城。店里的服务规范，菜品也很好，尤其是烹饪出的海鲜色香味浓、余味无穷。

晚餐后，我们找到一家位于中心街区的旅馆入住。前台服务员提醒，到凌晨四五点的时候会很吵，问我们要不要住。我们不假思索地答应入住，理由很简单，因为自驾游，有足够的自由时间让我们睡觉。

4月，还不到旅游旺季，阿尔布费拉夜晚的大街小巷已经要用人头攒动来形容。中心街区酒吧林立，大多是来自英国、德国、荷兰的游客，他们把时尚和浪漫带到这座小城，也让这里的中心街区彻夜沉浸于劲歌热舞之中。

这般闹腾的地方，过早睡觉是不现实的。既然睡不了，不如跟着闹。我们干脆趁着夜色将小城热闹的街道逛了个遍。每条街上除了酒吧、餐馆，还有不少售卖各种纪念品和特产的商店。当地的商品算是价廉物美，各种消费相比于欧洲其他

地方要便宜。

夜间，小城是将时尚和天然同时攥着的。

和喧闹的街巷截然不同，海边依旧我行我素地保持着天然和静谧的状态，除了那不息的涛声。前方山上的那些房子，用屋内的点点灯光告诉大海自己的存在。也正是它们在海边的存在，才成就了一个海与城相伴而生的国际旅游度假地。有房子没有海不成，只有海没有房子更不成。阿尔布费拉小城就是因为两者兼而有之，才让无数人慕名而来，或者长居于此。

我们在中心街区和海边来回散步，尽可能用有限的时间多多见识小城时尚和天然两种不同的景致和文化。

午夜时分，累了，回到旅馆休息。

次日上午，我们悄悄地驾车离开，不忍打扰睡意正浓的美丽小城。

2019 年 4 月 25 日
写于葡萄牙阿尔布费拉

敬拜昆仑

　　八月份是去柴达木盆地西南边缘重镇格尔木最理想的季节。气候宜人，满目绿意。据说到了十月以后，伴随着秋风落叶，这座城市的绿色便渐渐褪去，剩下的只有"灰白色"的壮观。不过，在我看来这并不重要。因为，环拥格尔木的昆仑山脉原本就是一派苍茫的原色，没有多少树林与绿迹，可也从未失去它的壮美和人们对于它的无限敬仰。

　　从格尔木市区出发，沿青藏公路驱车前往可可西里索南达杰自然保护站，一路上都能看到昆仑山起伏的山体和密布的雪峰，相信每位来者心中都会蓦然升起对昆仑山的向往和仰慕。

　　中途停车于西大滩观景台时，天空间突然飘起了雪花，气温一下子从 20 多度降至 4 度。这是海拔 4300 米昆仑山玉珠峰脚下常有的事。正因它的变幻莫测，方显大山之神奇，才为万众所膜拜。

西大滩观景台旁边空地上，人们正在为两天后的"2015中国青海昆仑山敬拜大典"进行现场布置。祭台肃穆、祥气弥漫，已经可以想象两天后活动之盛况。遗憾的是，作为被邀请参加大典活动的我，因工作原因需先行返程，所以只能在这活动布置现场，提前用我虔诚的灵魂和心体敬拜您——昆仑神山！

拜您，着实有太多太多的理由。

因为，广布世间的神话传说。昆仑山被称之为"万山之祖""龙脉之源"。凡大山都有美名、大名，不足为奇。昆仑山神奇之处在于它有众多神秘奇妙的传闻，也因此成了中国古典神话中的名山。其实，神话传说并非都虚无缥

缈。昆仑山又名昆仑墟，传说是被道教奉为神仙所居的仙山。虽传说之谜难解，却真真切切地吸引了国内外不少的道教弟子和游客前来祭拜、考察、观光。他们相信神话传说，心存敬意，不远千里来到神山面前，纵使高山缺氧、冰天雪地，都改变不了他们对昆仑山的崇拜。

因为，无与伦比的圣洁清朗。昆仑山作为世界名山，它的独特之处，仅依靠神话传说是不够的。以一个跨过几个省域与之谋面过的行者身份来解读昆仑山，我认为圣洁清朗是它独特的魅力。从帕米尔高原，向东经新疆、西藏、青海、四川，全长 2000 多千米的昆仑山脉，无论在哪处注视这巍巍神山，都是那般圣洁和大气。没有过多的沟沟壑壑，没有过艳的斑斓色彩，它把神圣与洁净作为自己的本色，用简洁而又坚硬的峰峦成为欧亚大陆的脊柱。从格尔木向可可西里一路前行，沿途延绵起伏的雪峰，犹如洁白

之幔缀连着妆点于昆仑之巅，在一尘不染的蓝天白云映衬下，显得格外醒目、格外纯洁、格外清朗、格外神圣。用现在时髦的话说，这是我见过颜值最高的大山。昆仑山的大气之美，给了我触及魂魄的震撼。

因为，不露声色深隐的宝藏。昆仑山下无际的荒漠，容易给人其貌不扬的印象，空寂、荒凉或许是这片广袤大地的代名词。这里不像别的地方，喜欢把繁华、旺盛和富有显示给人看，而是不露声色地深藏着宝藏。参观完昆仑山世界地质公园博物馆和察尔汗盐湖博物馆，就会知道这里是个巨大的宝库！石油、钾盐、黄金、宝玉石、天然气……50 余种矿产资源深埋地下，许多种矿产资源储量位居全国前列。昆仑山似乎在诠释着某种哲理：不露声色和敦厚稳重，往往与富有、厚实相连。我赞美昆仑山的敦厚稳重，也点赞昆仑山的不露声色。

因为，见证无数的撼世奇迹。位于格尔木市区的将军楼，它和昆仑山一起见证了一座年轻城市的呱呱落地。20世纪 50 年代初期，楼的主人慕生忠将军率领青藏公路建设

者走进了昆仑山下这片裸露的荒原。当他们在西北风夹杂着沙子的拍打下寻找传说中的格尔木无望时，只见慕生忠将军把手中的挂棍往地上一插说"这就是格尔木"，一座戈壁上的新城就这样开建了。60年来，昆仑山见证了格尔木奇迹般的成长，这座卓尔不群的城市正在向世人展示腾飞一方的热土。然而，昆仑山又何止只见证了格尔木新城的崛起？风雪中它坚挺着身躯，让世界上最高的青藏公路、青藏铁路从山口穿越；它敞开胸怀容载大牌企业入驻创业，它见证着赫赫有名的盐湖之王、光伏之城的问世；它千百年来凭借良好生态和不老容颜，吸引着无数行者慕名而来，它阅尽了人间百态……

因为太多的原因，我对昆仑山顶礼膜拜！

2015年9月
写于温州

恋念那曲之美

从西藏那曲回来后，一直心心念念这座高海拔城市珍奇的旅游资源和多彩的高原文化，回味那里不同寻常的天然之美、生活之美和生命之美。

一

从海拔 3650 米的拉萨市区出发，驱车跃上海拔 4500米左右的藏北高原，氧气愈发稀少，景致却愈发壮观。

到那曲者，容易从走进高原的兴奋和对高原反应的恐惧中，不知不觉忘却所有沉浸于湖光山色里。因为，那曲

有让人无法拒绝的风景。

水出高原,草绿高山。在那曲市 30 多万平方千米的广袤大地上,拥有 300 多个湖泊。这些大小不一的湖泊,藏语称之为"错"。它们被绿色的草甸、成群的牛羊、洁白的雪山、湛蓝的天空、飘浮的祥云围簇着,构成了特有的壮丽风光。

从那曲市区到申扎县,再由申扎县去班戈县,沿路考察了色林错、错鄂湖、格仁错、班戈错、纳木错等湖泊,这些无与伦比的湖景资源是那曲市的宝藏!我甚至觉得,宣传和推介它们是援藏工作的重要内容,也是我这次参加浙江省文化和旅游厅组织的"发现极地那曲"活动的责任。

在西藏的众多湖泊中,纳木错颇有名气,被誉为"圣湖"。位于念青唐古拉山主峰以北,处于那曲班戈县和拉萨当雄县之间。它所蕴藏的神奇和孕育的况味,令无数人由衷地敬仰膜拜、心存恋念。

纳木错面积很大,四周景点密布。我喜欢班戈县境内的圣象天门景区。爬上高崖,隔着圣湖与念青唐古拉神山对望;俯瞰近处,便是圣象天门全貌。浑然天成的一个个

湖湾连成一片，静静地藏于峭壁之下，把独一无二的绝妙图案镶嵌于蓝色的湖面上，铸就了天地间少有的秘境。

下到景区的湖边，才悟出圣象天门的原意。一只天然形成的巨大石象栩栩如生，鼻子伸入湖面，像是在汲取来自雪域的神圣之水。而石象的身体与象鼻之间形如一扇大门，成了传说中"通往天堂的圣门"。从古至今，这圣象天门被人们视作心中的神灵，无数虔诚信徒前来朝拜，引来不少高僧隐士在此清修。

作为"万城之上"的高海拔城市，辽远与壮美是那曲的气质。最符合那曲气质的湖泊要属色林错。泱泱巨湖，景象宏伟。色林错不仅有着2391平方千米的面积，是西藏第一大湖，而且是大型的深水湖。

越野车行驶着，我的视线一直在宽泛而美丽的景象中移动。一路上，可以呼唤远山，仿佛听到终年冰雪覆盖的

连绵群山中千年飞雪的回响；可以注视波光粼粼的湖面，可以停车湖畔，近距离欣赏色林错和峻峭山体构成的湖光山色，在水的柔和与山的坚实间领悟大自然的奇妙和神力。

湖光山色，代表了那曲高原的天然之美！

二

同行的两位同志，多年前曾在那曲市工作。这次到那曲参加对口支援活动，让当年的老同事老朋友喜出望外。他们在各种场合，主动以歌舞形式向多年未见的朋友表达内心的喜悦，这种"艺术化的友情表达"是这般的自然、朴素和真诚。我们完全有理由相信，艺术已经融进当地人的日常生活。

在班戈县第七届纳木错文化旅游民俗风情赛马艺术节上，我目睹了一场寓艺术于赛马活动之中的高原盛会。4700米海拔之上的现场，不仅有骏马奔腾，还有来自县内

10 个乡镇身穿节日盛装的群众，他们以平时生活中擅长的传统文化艺术表现形式参与民间舞蹈大赛、藏北民歌大赛、旅游形象大使选拔和篝火晚会等活动，用艺术分享美好的新生活。

那曲是格萨尔文化、象雄文化等诸多历史文化的交汇地。其中，格萨尔文化是"以《格萨尔》史诗说唱传承为纽带，涉及民间文化、传统音乐舞蹈以及精神信仰、民俗活动诸多内容的一种藏北草原地域特色文化形态"。我在那曲市群艺馆见到了两位传承艺人的表演，他们在说唱中娓娓讲述了格萨尔为救护生灵、降妖伏魔的英雄故事，让这项被联合国教科文组织列为人类非物质文化遗产代表作名录的《格萨尔》史诗艺术永驻民间，丰富了当地人民的文化生活。

拉日多布是我在那曲认识的一位藏语原生态唱法的音乐爱好者，曾获得过西藏首届声乐电视大赛非专业组一等奖等全国或自治区的多项大奖。他演唱的牧歌《黑牦牛》

声域宽广、空灵高亢。

> 牦牛在高高的岩石上，
>
> 我放牧人心情愉悦。
>
> 羊在宽阔的草坪上，
>
> 我放羊人心情愉悦。
>
> 马在皑皑的山脚边，
>
> 我放马人心情愉悦。

歌词表达了牧民们对生活的热爱与憧憬。接下来几天，同样的旋律多次在人们的歌声中出现。拉日多布告诉我，《黑牦牛》《迷人的藏北》等曲调在民间传唱广泛，可以说是大家生活中的一部分。

当地人的生活，不止有歌舞和说唱艺术的滋养，服饰艺术也是其中很重要的方面。申扎县文旅部门在格仁错畔为我们举行了一次巴扎服饰的展示活动。传说格萨尔王的王妃珠姆被霍尔王挟持，为保全自身清白，珠姆特地穿着

造型奇特的巴扎服饰装疯卖傻，由此巴扎服装也就有了"疯装"一说。它的艺术性在于以五颜六色的氆氇或呢子为料子，做成褶皱形态，样式上突出较长的上衣、裙子和硕大的头饰，牛皮的腰带上挂有海螺、铜镜、铜勺等配饰，显示女性的婀娜多姿。2008 年，巴扎服饰被列入第二批国家级非物质文化遗产代表性项目名录。实际上，在当地人的现实生活中，服饰艺术一天也没有离开过。像平时男女常穿的夏装和冬装，均搭配了漂亮的装饰，体现了当地服饰的艺术性。

艺术，装点了那曲人的生活之美！

三

在西藏的 9 天，大部分时间在高海拔的那曲市。身处山之巅、天之邻的地理位置，面对田园牧歌式的生活场景，呼吸清新空气但承受氧气稀薄的挑战，也许，这些便是高原的魅力。作为一名游客，到那曲旅行无疑是一次圣洁的心灵朝拜、一种极致的生命挑战、一番难得的高原体验。相信，会有很多人想来。

我不少爱好旅行的朋友，他们中一些人想游南极北极，体验极地的绝尘和宏美，可在我看来那曲同样有着极地的美感。也有人特意跑到西藏"登"珠峰大本营，体验征服高度的成就感，挑战生命的顽强。事实上，珠峰大本营的海拔高度和那曲差不了多少，而来那曲不仅可以登山，还可以观赏"高高在上"的城镇、村落、湖泊、草原、戈壁以及代表西藏文明之根的古代象雄遗址和根植于多民族生活的各种艺术……同样是在氧含量较少的环境里挑战生命的坚毅，但体验内容却丰富了许多。

在当地召开的文旅产业交流座谈会上，我说："把特色资源打造成特色化体验产品和目的地，那曲将迎来文旅产业发展的春天。"我想表达的是，不必按"木桶理论"去模仿其他地方"补短板"，那将落入俗套。那曲文旅产业高质量发展应突出优势，在产品打造和市场营销方面让探秘探险和极地那曲的"长板更长"，以此吸引游客选择那曲之行。让他们在人生途中体验过低海拔城市的曼妙生活、江南水乡的小资情调、海岛渔村的涛声渔火后，再来一次截然不同的高原旅程。

体验，才是人生来回的路。无论活成什么样子，这个世界我们只会来一次。如果乐意，就多看看喜欢的风景，多走些不同的地方，就像来那曲体验高原生活赋予生命的意义。

我认为，那曲之旅诠释着生命之美！

2021 年 8 月

写于温州

拈花湾，夜色里的精彩

　　这应该是我第五次走进江苏省无锡市的拈花湾小镇了，我觉得这是个可以好好领悟禅趣的地方。

　　古朴雅致的街市、幽静安宁的客栈、齐全的公共服务设施、自然的生态山水园林……在拈花湾，可以静享花开花落、云卷云舒的曼妙生活。

　　从开门迎客起，拈花湾就号称"中国心灵度假目的地"，定位为禅意小镇，以独特的人文环境及禅钟经音吸引八方游客。可是，近几年却出乎意料地转入了"灯影世界"，华丽转身为远近闻名的夜间文旅消费集聚区。

　　夜幕下，拈花湾沉浸于光与影之中。

　　随便站到拈花塔广场的哪个地方，都能完美地观赏到拈花塔的亮塔仪式。禅乐，悠扬响起，聚集在广场上的人们期待一场光影仪式的到来。

　　唐风木结构、楼阁式的拈花塔，共有五层，古朴庄重。塔上，拈花仙子翩翩起舞，情韵悠长。灯影映亮周遭、四射天穹，光与艺术把绵绵禅意和美好意愿传递到每个人的

心中，让人拥有一种"心喜安然"的心灵慰藉，不经意间烘热了对生活的信念。

五灯湖广场上变化多姿的花开五叶光影音乐喷泉，伴着空灵的旋律、迷人的艺术灯光，让人仿若进入仙境，心中触发对"处处莲花开"的芬芳向往和对未来的寻思。

拈花湾微笑广场的《拈花一笑》光雕塑演艺十分震撼，算得上是小镇灯影系列节目中的压轴戏。格鲁吉亚著名雕塑家塔玛拉的 18 米高大型不锈钢动态光雕塑作品，配以广场四周的园林景观和演员在实景中的应景演出，将动态雕塑、光影艺术和诗意情景完美结合，达到绝佳的视觉效果。

这场光影秀运用了高超的光技术、水下舞台装置、全息数字影像屏、雾森等。300 余架无人机盘旋广场上空，

构建了微笑广场 360 度沉浸式观演环境。无人机在空中组成"祝大家欢喜自在"七个大字，生动概括了主题和内容，送给现场每位观众一份美好的祝愿！

2020 年 10 月下旬
写于无锡拈花湾君来菠萝蜜多酒店

千户苗寨，因游客变了容颜

　　我把位于贵州省黔东南苗族侗族自治州雷山县的西江千户苗寨，作为旅游功能区介绍给大家是有道理的。

　　夜色下，汽车在雷公山麓的公路上盘旋许久才到了千户苗寨入口广场。这时我才发现，这里并非是一个苗寨，而是由 10 余个依山而建的村寨相连而成。这就是号称目前

全世界"最大的苗族聚居村寨"。重要的是，这么大的地方，民宿成片集聚、游客纷至沓来，完全是一个成熟的以休闲度假为主要功能的旅游功能区。

我拖着行李箱，走在千户苗寨旅游功能区的商业步行街上。虽然要走很长一段路，但夜晚的苗寨用它那风情独具的繁华为我解乏。来回接送客人的区间客车、灯火通明的商店、人头攒动的餐厅，还有和我一样行色匆匆的来客，构成一幅门庭若市、熙来攘往的旅游风情图。

我要走到步行街的尽头，右转经过一座桥，还得爬很长一段台阶，才能到达半山腰的民宿入住。一时间，也免不了心生怨气，早知道就不该预定这家山顶上的民宿。可转念一想，旅游不就是图个体验吗？山间苗乡村寨的小路和民房，可是平常难得遇见的。风情在此，何须怨言？

河流谷地是西江千户苗寨的地形特征。穿寨而过的白水河清澈见底，两岸的河谷坡地、梯田风光、山地民居和崎岖山路，千百年来陪伴西江苗族同胞日出而作，日落而息，书写着当地的农耕历史与苗寨文化。能亲身体验这种地方的人居环境，无疑是一种幸运，也是作为一名旅行者应有的追求和境界。

办好入住手续，我来到民宿三楼的房间。打开阳台的门，景色让人喜出望外。这不，住在高处虽然上山辛苦点，但换来的是登高望远的惬意：连绵不断的苗族村寨，妙不可言的万家灯火，铺满夜空的星星点点……此时，睡意全无，只想多看看眼前的美景。

迟睡可以懒起。好在这里的街巷里满是各种苗家特色小吃，什么时候想吃早餐，出门就能填饱肚子。

白天的千户苗寨，最诱人的除了清新舒缓的漫游感，还有旅游开发打造出的万般风情。

苗族可以追溯到距今五六千年前的炎黄传说时代，有着丰富而久远的历史文化。传统的苗寨古朴独特，吊脚楼、风雨桥、嘎歌古道、苗族歌舞是它们的底色。如今，旅游业正在改变着许多少数民族村落，千户苗寨也在其中。游客纷至沓来，原始的村寨由此改变了许多，那些为来客服务所建的道路、商铺、娱乐场所以及各式各样的装修风格，在原有传统风貌的基础上增加了观赏性。游走于千户苗寨，无论是新开发的景区广场，还是比比皆是的商铺；不管是

琳琅满目的时尚广告，抑或是新建的灯光夜景，都告诉我们千户苗寨因为游客的到来而改变了容颜。

"用美丽回答一切，看西江知天下苗寨"。这是一位大文人对千户苗寨的赞美。我以为，他只说对了一半。现实的情况是千户苗寨确实能用美丽回答一切，但看过西江千户苗寨并不能够知晓天下苗寨，毕竟，它已经对传统的苗寨进行了大幅度的商业性改造。

我无意探讨这种改造的对或错，但我认为对事物的简单评判容易有失公允。为旅游业发展进行必要的改造和修饰，这无可非议，即使像千户苗寨这样专门开发成以旅游为主要功能的地方。即便如此，还是会有不少的人期待到别的苗寨去旅行，那是一番真实的走访，是在旅途中对苗族文化的真正学习。

2019 年 10 月 17 日
写于镇远古镇

溱湖湿地与会船节

　　临近夏季的苏中地区，有些闷热，可泰州市的溱湖国家湿地公园却非常凉爽，这便是湿地诱人的地方之一。

　　湿地，是地理学术语，说起来有些文绉绉，意为地表过湿或经常积水并生长湿地生物的地区，是湿地植物、栖息于湿地的动物、微生物及其环境组成的统一整体。不过，关于湿地的"功效"却直白易懂，除了保护生物多样性、调节径流、改善水质和提供食物及工业原料外，还有很重要的一个方面，便是调节小气候。

　　溱湖国家湿地公园，是国家 AAAAA 级旅游景区。这里生态良好，生物类型多样，有国家一级保护动物丹顶鹤、

麋鹿，国家二级保护动物白天鹅、白枕鹤、白鹇，还包括了湖泊湿地该有的沉水、漂浮、浮叶和挺水四类生活型植物。

细雨中，坐上摇橹船，周围一派自然风光。流水清冽、水草鲜美、树木原生、桥岸古朴，感觉人生如行云般自在、像流水般洒脱，进入了"舟行碧波上，人在画中游"的意境。相比那些人工园林化的湖泊公园，眼前的湿地才真正让人醉心，在毫无"雕琢化"的风景里融进自然、拥抱生态、享受自我。

好客的船娘，请我吃她从家里带来的用芦苇叶包的粽子。我在家乡吃的粽子是棕榈树叶包的，这种芦苇叶包的粽子还真没有吃过。在缓缓前行、轻轻摇曳的小船上，伴着原始的生态环境，吃着清香软糯的粽子，算是过了一次贴近自然本源的生活。我觉得，坐船享受美食要比专门去店里吃更有趣味。

参观溱湖国家湿地公园的湿地科普馆，让人受益匪浅。这个湿地科普馆占地近 8000 平方米，上下共 3 层。第 1 层是"溱湖寻迹"主题展，有水孕溱湖、观鸟天堂、麋鹿故

乡、绿影生灵、溱湖夜色、足迹星空、溱湖迭韵、沉浸溱湖 8 个展区；第 2 层是"探本溯源"主题展，主要介绍溱湖的地理位置、当地文化特色和风俗；第 3 层是大型"百鹊归巢"场景，展现人类在保护湿地、保护自然过程中所经历的大事。湿地科普馆，为游客创建了非同一般的科普平台和研学机会。

我想浓墨重彩地向读者介绍第 2 层"探本溯源"主题展中的风俗——"会船"。每年清明节前后，溱湖上都要上演一场"中国姜堰·溱潼会船节"。浩瀚的湖面上，锣鼓喧天、竹篙林立，各种花船、龙船、篙子船，千舟竞发，百舸争流，组成了惊心动魄的竞赛和多姿多彩的表演，演绎出历久弥新的民俗画卷。人们称之为民俗文化之大观、水乡风情之博览。

溱潼会船节，这个由明朝兴起相沿至今的"会船"风俗，蕴含着传统"水上庙会"的意味。溱潼会船节所在的姜堰，历史上曾是江水、淮水、海水"三水"交汇之处，由于货运通达而盛极一时，素有"满江鸿运船、半入姜堰城"的说法。它既反映了当地特殊的水运地理优势，更展现了一

代代姜堰人用勤劳和智慧创造美好生活的图景。当然，"会船"风俗也另有一说，相传抗金名将岳飞大败金兵于溱湖，但军民伤亡惨重，当地百姓每年清明节会组成篙子船队祭扫阵亡将士，久而久之，形成了"会船"的习俗。

如今的溱潼会船节，突出了姜堰、溱湖的地域文化特色和旅游元素，欢迎八方客人共赏湿地风情，一同见证"世界最大的水上庙会"之壮观景象。

溱潼会船节属于国家级非物质文化遗产，和云南泼水节等同时被列为全国十大民俗节庆活动，是一张声名远播的金名片。

2012 年 4 月下旬
写于江苏省泰州市

热曲河畔神座村

流经四川省阿坝县查理乡的热曲河，昼夜奔腾不息。它用蜿蜒的身躯将草原和森林分开，它和蓝天白云共同缔造了一处人间仙境——热曲河西侧的神座村。

进入神座村，要跨过热曲河上一座上了年岁的木桥。木桥有些特别，由一根根圆形木头搭建而成，是村民和游客进入村寨的主要通道。

过桥后，沿山路往高处走，就能进到神秘而幽静的村子里。整个村寨背靠高山草场，起伏的山峦和绿色的山坡上错落有致地散布着一栋栋村民的房子，看上去格外迷人。

神座村有 57 户藏族人家，他们生活的位于海拔 3100
米的山区，是一个完全原生态的世界。这里的人习惯了远
离城市、远离喧嚣的生活，在没有纷扰的环境里一门心思
地打理自己的村寨，守望着世外桃源般的乡土风情。

村民的房子很有特色，外墙用黄泥砌就，里面是木质
结构，住起来冬暖夏凉。几乎每户人家都把大门修在干净
的水泥路旁，院子的围墙外会种一些花草，显得绮丽多姿。

陪同我们夫妻俩游览的美丽藏族姑娘玛久，是地道的
神座村人。她带我们在村里转了一圈，令我们眼界大开。
300 年前的老宅、保存着珍贵历史壁画的古经堂、乾隆年
间的古陶瓷……许许多多的景物，诉说着一个民族村落非
同一般的历史沉淀和岁月流转后的文化积存。

对于远道而来的游客而言，绿茸茸的草甸、土黄色的

藏式民居、手持转经筒的老人、木柴堆成的"矮墙"、拴在路边的骏马、活蹦乱跳的野兔等,均成了大家拍照留念的好景色。

许多村民家门上挂有"居民接待户"的牌子,来旅游的客人碰上哪家,都可以进去坐坐,吃点糌粑、喝杯酥油茶,体验一番藏族老乡的待客之道。

走进一家叫"旭热盛"的民宿,宽敞的藏式庭院整洁悦目。住在里面的广东自驾游客人,称赞民宿环境舒适,价格也不贵。民宿的男主人看上去精明能干,他一边带我们参观,一边介绍说:"开民宿已经3年了,咱家提前脱了贫。"这时,他的脸上挂着幸福的笑容。

从"旭热盛"民宿出来,路过一条绿树成荫的小道,玛久姑娘从树上摘了些野果让我们品尝,并告诉我们一些

有关神座村的事情："乡亲们虽然生活在高山草场，但近些年通过创业，日子过得越来越好，整个村庄变得富有了。"她还介绍起自己的情况：原先她是一位代课老师，2018 年浙江省温州市瑞安顺达旅游公司主动参与东西部扶贫协作，在这里投资建设伴云居度假酒店，她被聘为当地向导，为外来的企业人员带路、翻译，讲解当地民情。度假酒店一期对外营业时，招募的服务人员大多是当地建档立卡的贫困户。为此，这批服务员还专门去温州市接受了 3 个月的专业培训。如今她已经成了酒店的核心员工，当上了大堂经理。不过，有空还是会给村里的游客当导游。

她说的伴云居度假酒店，紧挨着神座村。依山傍水，环境优美。树影婆娑中，隐有大小各异的圆形木结构客房，接待来自各地的客人。住店的客人随时可以到神座村游览，而到神座村的游客也可以就近住到伴云居度假酒店，彼此互动，实现共赢，为当地创造了比较好的旅游业发展条件。

如伴云居度假酒店一样，神座村周边旅游业互动合作项目越来越多。如今，在各界助力下，神座村现在已是国家 AAAA 级旅游景区，一个日趋成熟的安多藏族风情旅游目的地。

2020 年 8 月 10 日
写于四川省阿坝县伴云居度假酒店

赛里木湖的晨风夕雨

大清早，从酒店出发，赶着去游览享誉中外的赛里木湖。汽车在山路爬坡、左右转弯，不时颠簸，但我和同伴们依然对车窗外 5 月新疆的秀美景色赞不绝口。

记不清开了多少时间，车子越过一个山头，赛里木湖蓦然间闯进眼帘。阳光穿过云层洒向湖面，泛起金光水波一片，赛里木湖犹如一颗熠熠生辉的宝石，镶嵌在高山之巅。

视线从湖面移向岸上草地、山坡，满目黄灿灿的金莲花托起远处山顶未曾融化的积雪，这种蓝天下黄白相间的壮美画面，诱导我们急于下车拍照留念。

驾驶员找到合适的地方把车停稳，提醒大家下车要注意，外面风大。可大家都不当一回事，猜想着外边不会有太大的风。可当我们一脚踏出车门就傻眼了，赛里木湖的晨风给了我们一个十足的"下马威"。风吹得让人站不稳，大伙只好猫着腰闯进金莲花花海中拍照。眼前每朵金莲花都被风吹得不停地摇动，仿佛花儿在用使劲摇头来诉说面对飓风的无奈。

我第一次在旅途中，遇到如此剧烈并带着浓浓寒意的风。手里拿着相机，却没法睁大眼睛捕捉画面和对焦。由于周围毫无建筑或掩体可以避风，这时车子自然就是最好的避风场所。身边的女人们在尖叫中草草地用手机拍几张"到此一游"的照片，便赶忙回到车里。

汽车环湖开开停停，女人们却有越挫越勇的气概，她们见到好的景色照样嚷嚷着要停车拍照。车外除了风大，气温也很低，大家索性把行李箱中能保暖的衣服都穿上，还特意裹紧一下。即便如此，照样瑟瑟发抖。面对飓风和寒冷，大家只能粗略游览、匆匆拍照、赶紧上车，这就是上午在赛里木湖的游览经历。

中午时分风开始减弱，但太阳收起了脸，天空渐渐暗下来，接着下起了小雨。我们在一家餐厅吃过午饭继续沿湖游览。赛里木湖东西长约 30 千米，南北宽约 25 千米，面积达 458 平方千米，车上看，车下游，觉得挺费时费力的。好在赛里木湖天生丽质，顶风冒雨、近看远眺，它都不失国家级风景名胜区的"范儿"。

清末文人宋伯鲁用"四山吞浩淼，一碧拭空明"的诗句，赞美赛里木湖之雄旷清澈，描绘出高山湖泊山湖相依、刚柔相容的绝妙境界。

湖畔广阔的草地上，牧草如茵、黄花遍地，几处毡房点缀出一幅诗意绝美的画卷。这是奇丽的自然景象，更是恢宏的天然浪漫！

在赛里木湖周围，散落着当年丝绸之路北道留下的古代驿站遗址、寺庙遗址、乌孙国古墓群、岩画等文化遗存，厚重而坚毅地将久远的文化气度永远布设在山间湖畔，令赛里木湖越发珍奇显贵。

午后天气变坏，下了雪沙子，到傍晚时更是暴雨不断。这可是五月，怎么会出现这样的天气？难道真是传说中赛里木湖里有湖怪或是湖底磁场作怪，使得这里节气失序、变幻莫测？

当我们游完赛里木湖，驱车前往伊犁时，因暴雨引发泥石流，从赛里木湖去伊犁的道路塌方了。车子在将要上高速的一个隧道口排队，这是通往伊犁唯一的道路。我们抱着侥幸心理，期待在雨中的排队等候能够等来路通的好消息。

车外大雨飘泼，看样子一时半会停不了。望着傍晚的天空，雨层密布、雨花纷扬，这种环境容易让人思潮起伏。赛里木湖的一天，像是经历了四季交替。晨刮飓风、中午

下起了小雨、午后还来雪沙子、傍晚则是滂沱不停的"夕雨"。瞬息时光，与风、寒、雪、雨相继为伴。天之无常，许多事情无法预测、变故突然。心想，这也可喻比人生短暂且世事多变、命运跌宕……当然，更重要的是让我们理解"诸行无常"的道理，懂得世间一切都是变化的，生活中要学会用无常的眼光看待事物，以利于树立正见和提高生命品质。

　　前方传来消息，要一两天道路才会抢通。夜幕降临，等待无望，看来明天不能按计划去美丽的那拉提草原了，赛里木湖的晨风夕雨给了我们一次不能自主的旅行，无奈中只能取道精河。

　　至于明天去哪儿，再说吧。

2016 年 5 月 10 日
写于新疆精河县

沙溪，一座耐人寻味的古镇

历史，从某种意义上来说是延续无数人的足迹而来的。当今天的人们，在回眸过往岁月的印记中寻找某种身心上的满足与慰藉而络绎不绝地走向古镇的时候，他们所留下的足迹既是对古镇历史的寻访，又是对古镇历史的书写，其间会发觉许多耐人寻味的东西。这种认识，在我去过云南大理沙溪古镇后得到一些印证。

——题记

夏天的云南并没有那么燥热，加之风花雪月的招引，来大理旅游的人自然也不在少数。可是，大多数人喜欢在大理古城玩，或去游览苍山洱海，甚至干脆住到洱海畔的双廊古镇，让商业化的味道刺激一下久久未曾跌宕的心魄。但也有像我这样的部分人，喜欢去寻味大理与丽江之间，一座颇有历史韵味的古镇——沙溪古镇。

走进沙溪古镇的寺登街，红砂石板的古道有些光滑，足见被无数人的双脚踩过。两边的建筑完整地保存着原始

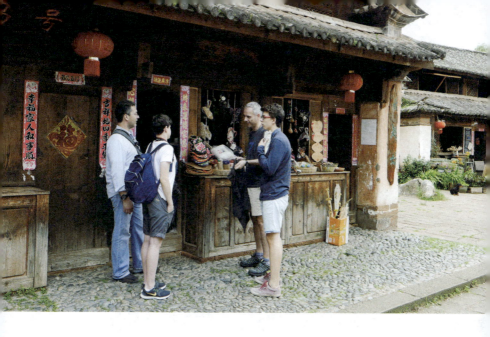

的风貌，格外古朴雅致。街上没有空置的商铺，礼品店、百货店、雕刻店、理发店、餐饮店、旅店等有条不紊地填满了每间房子，一派繁华的景象。清澈的水流从路边的小渠中滑过，给古街添加了几分欢快和超逸。街上偶尔会有马蹄声响起，留下渐近渐远的马铃声。三五成群的游客有说有笑，想必和我一样，逛逛这般风情独具的古街定是心怀愉悦的。

进入寺登街深处，豁然开朗的地方便是四方街。它是沙溪古镇的核心与精粹，被誉为"茶马古道上唯一幸存的古集市"。四方街南北长约 300 米，东西宽约 100 米，中间是广场。历经千年沧桑，如今古戏台、兴教寺、马店等标志性建筑犹在。当年茶马古道千年古集市的繁荣景象依稀可见；马帮动人的故事还在当地流传；古戏台上通宵达旦的洞经古乐表演余音绕梁，据说现在遇到节事活动时还有类似的演出。

当然，四方街也在历史大潮中渐渐改变，尤其是中外游客的足迹，催生着它的发展并书写着新的历史。昔日的马店已经没有了为马帮客人提供服务的功能，转而成为游客租马游览的场所。古老的白族木质房，变为大大小小的茶舍、酒吧和民宿。此番情景，让我们既望见了过往的历史，又见证了当地居民和游客正在为古街区描绘着新的时代画卷。

走出四方街，周围随处可见粉墙画壁的白族民居。民居门楼上那些木雕、泥塑、石刻，技艺精熟深通，让人目不暇接。它们似乎在告诉世人：沙溪是有艺术渊源和工匠精神的地方。

早在公元前 400 多年，沙溪人就拥有了青铜冶炼技术，沙溪也因此成为云南青铜文化艺术的发源地之一。青铜冶炼技术不仅推动了当地生产和生活方式的改变，也带动了

后来相关地方艺术的发展。

　　沙溪的手工木雕，继承了剑川木雕的精华。经历长时间的积累和创新，手工木雕作为艺术品融入了沙溪人们的生活当中，特别体现在民居建设中的广泛应用。现在镇上有一群坚守木雕传统技艺的人，他们潜心研究、默默耕耘，所创造的成果形成了古镇一道亮丽的艺术风景。

　　沿着澜沧江支流黑惠江前行，见到的古桥、古树、古寨门、古巷道，无不稀有珍贵。踏上玉津桥时，我被脚下的这座古桥深深地吸引了。弯月般的石拱桥梁横跨于奔流不息的黑惠江上，刻有岁月痕迹的石块桥体、石头桥面、石板护栏、石雕艺术，诉说着它的古老与顽强。玉津桥曾经是所有南来北往马帮的必经之路，它是茶马古道的脊梁，更是沙溪的古迹、古宝。兴许，类似这样久远而完美的遗存，才是沙溪古镇吸引人们纷至沓来的理由。

　　我喜欢在寻觅历史痕迹中收获认知社会的借镜，更想知道现代人的足迹对古镇即将书写的历史会有哪些影响？所以，我想试着去探访古镇那些耐人寻味的地方。走过一条条街巷，在庆幸古镇留下了一部完整建筑史诗的同时，

我却不解它为什么没有像别的古镇那样因为游客的到来而"毁容"？我曾瞥见许多古镇古村古街，因为"外人"的到来而变换了容颜，商业化开始蚕食它们的原始古朴、清静自然。随之在名声大噪下大拆大建，弄得面目全非。可是，沙溪古镇没有，依旧古色古香。也正因如此，沙溪古镇入选了世界纪念性建筑遗产保护名录。

在沙溪古镇，外来文化平和有序、毫无冲突地融进质朴的建筑和民间。意想不到，在中国式老店铺里喝的咖啡，会是那么纯正；古建筑里镶入异国情调的西餐铺子，照样不碍外观的古朴和里头的洋气；民宿里住进金发碧眼的外国游客，主人和客人都能够和谐相处。

说来也怪，来沙溪前我在双廊古镇住过一夜，那边虽然名气大却少有外国游客。而在沙溪古镇，外国朋友比比皆是，甚至还有特意过来住上一段时日的。昔日的茶马驿站，如今成了国际化旅游驿站，多么值得寻味和思索啊！

一位在大理市区工作的李师傅告诉我，他很留恋沙溪，这里淳朴的民风令他常常想念家乡。但是，现在最担心的就是因为游客的到来会不会使这里民风变化太大、太快，生怕失去家乡文化的根基。

也许，正是沙溪的这些耐人寻味，才会让我们喜欢它、惦记它、怀想它。

2016 年 7 月
写于云南大理

诗意田博园

我说：旅游是生活，旅游是体验，旅游是感悟。

2020 年初夏，我到浙江省德清县的田博园考察，发现这里宛若一处富有诗意的田园综合体，完成契合了上面我说的几句话。

漫步园内的田头河边、林间小径，那种泥土芳香、生态自然的乡村场景与生活气息，扑进眼帘、融入心扉。园内山清水秀、空气清新、树草翠绿、果菜芬芳。由花海形成的紫藤湾、九曲花街、月季园、杜鹃谷等，颇有生活情趣，鲜艳、美丽、怡情！这个以田园为基调的综合体，有

农田、有茶园、有水塘、有树林、有石墙、有栈道、有客栈、有酒吧……始终将"生活"作为抓手，让游客在旅行中体味生活。

精心打磨出来的田博园体验项目，成了大家流连忘返的理由之一。那些由自然景观和现代科技碰撞出的奇幻火花，也成了田园综合体旅游体验的高光亮点。

旅游是感悟，关于这一点我在田博园得到了有效的验证。现场展示的2018年经考古发掘的东汉上渚山窑址遗迹，见证着德清县曾是古代制瓷中心，让我们感悟到历史文化之赓续意义。园区内发现的武康石，最早记载于南宋绍兴年间杜绾所著《云林石谱》。它是我国古代第一部奇石专著，记录名石116种，其中，武康石在该书中排名第七，弥足珍贵。与武康石的偶遇，让我们有机会悟想事物的历史传承轨迹与现象。

　　让人意想不到的是，园内还有个熊猫馆，一对熊猫名曰"德德"和"清清"，招徕游客爆棚。这里是家长带着孩子研学旅行的好地方，也是世界生物多样性保护的好教材。

　　陪我游览的两位当地朋友介绍说："田博园也称上渚山奇幻谷，能够变身成今天的样子，是经过一番努力的。"2019年9月23日，首届"美丽中国田园博览会"在此举办。用历时2个月的时间，展示了全国范围内一系列乡村振兴战略实施成果、江南农耕文化、江南水乡农业生活图景及二十四节气农耕文化等，活动独特，创意别致。

尔后，田博园采取"开会为馆，闭会为园"的模式。为向游客开放，有关部门在规划策划、工程技术、设施完善、宣传推介、接待服务诸方面做了大量卓有成效的工作。

于是，这里成了全国标杆性田园旅游目的地，人们称赞为诗意田博园！

2020 年 6 月 5 日

写于浙江省台州市东沙渔村听海民宿

狮城，那一抹绚丽色彩

新加坡，别称为狮城。这次来新加坡，直觉告诉我，这地方变化不小。

如今的狮城，不止环境干净优美、城市管理精细有序，还增加了一抹绚丽的色彩。许多标志性建筑上运用光影艺术和照明技术进行了城市风貌塑造。无论是当地居民，还是来旅行的人，对新加坡近些年亮化装扮所带来的变化，

都投以欣赏和赞许的目光。正如当地一位导游说的那样，新加坡唯一不变的就是天天在变。而光影艺术和照明技术带给狮城景观环境的改善，想必是这变化中的要义。

在一家纪念品商店，我随手翻了一下作为伴手礼售卖的书籍，里面图文并茂地介绍了新加坡的绚烂和美丽，从中领略到光影艺术对于这座花园城市锦上添花的作用。事实上，在三天的行程中，我所见到的光影与城市环境融合后所产生的实际景观效果，远比书上介绍的更直观、更震撼。

金沙酒店边上的螺旋桥在当地很出名。傍晚，坐游船经过这里，但见桥上颇具动感的像一群鱼儿般"游动"的白光，一下子把原本固态的桥梁活化了。由光影艺术营造出的这群"鱼儿"，携着造型奇特的桥梁融入波光潋滟的

河流，一幅鱼跃清波的"光影艺术画"就此呈现。桥后，巨型摩天轮也用了彩色灯光进行装扮，成了画面里最得体的背景。

回过头远眺高楼林立的金融区，光影艺术和照明技术赋予了它极高的美学价值。一座座大厦，已不仅仅只是一栋栋建筑，还是光影艺术妆饰后的一件件庞大艺术品。它将每栋大楼点亮，形成"万家灯火"的祥和与壮观；它用高技巧的光影轮廓线，勾勒出摩天大厦天地合一的最美画面……正是成功的创意，金沙综合娱乐城商场前面的空旷地带，竟成了无数游客观赏大美夜景的聚集地。

如今，新加坡的乌节路、圣淘沙、克拉码头，都是光影助力城市景观建设的范例。当地人和外来游客愿意去这些地方休闲，在欣赏光影艺术的同时，还能体悟到现代科

技给城市环境所创造的价值。

　　新加坡除了将光影艺术和照明技术用于塑造城市景观外，还将光影艺术运用到了演艺方面。毫不夸张地说，到新加坡来一次光影演艺之旅是非常值得的。新加坡国家博物馆用包容的态度让一个日本团队开发了光影演艺、互动数码装置《森林的故事》。有人说，日本人会营销和宣传，能够让这种光影艺术开发走进别国的国家博物馆，我倒认为更应该点赞新加坡人的大度和开放，这也从一个侧面反映出新加坡对于光影艺术这类新时尚文化的包容与接纳。

　　圣淘沙属于旅游胜地，每天晚上有两场让人大饱眼福的光影秀。人们来到水岸边坐下，免费看一场主题为《仙鹤芭蕾》的光影演出。一对巨大造型的仙鹤翩翩起舞、惟妙惟肖。光影技术植入了优美的机械造型，十分有趣地展

现了一段爱情故事。尔后，用十几新币买一张《时光之翼》的演出门票，让自己在 25 分钟的时间里置身于海与沙滩之旁，目睹人和光影艺术结合的那些穿越时空的历险者，他们在经过丝绸之路、玛雅金字塔、壮丽的海底和狂野的非洲大草原等地遭遇的曲折惊险历程，让人沉浸于全新梦幻般的场景里。表演汇集了最前沿的激光和立体投影等技术，所产生的绚烂景观氛围是传统演出无法比拟的。或许，这便是时代进步带给人类的福利，更是光影科技对于文化艺术的创新和贡献。

新加坡，正在拥抱光影艺术所孕育出的时尚和绚丽。

2021 年 2 月 13 日
写于新加坡至日本东京的航班上

石塘，曙光祈福地

　　将记忆的日历翻回 2000 年 1 月 1 日凌晨 6 时 46 分，中国内地 21 世纪的第一缕曙光落在了名不见经传的地方——石塘。这个中国东海岸上的古镇从此声名鹊起，随之古镇所在的浙江省温岭市也倍受人们关注，许多人慕名而来，温岭市由此成了浙江省旅游产业发展的大户。

　　中国游记名家联盟邀请一批作家赴温岭采风，现场有人介绍"曙光首照地、东海好望角"旅游口号时，我不由自主地想到了南非的开普敦。虽说温岭和开普敦相距遥远，但两地却有相似之处。同为滨海城市，都有称之为好望角

的地方，此外，北雁荡山余脉的温岭方山景区和开普敦的桌山景区极为相似：山之顶平坦开阔，山之体雄浑方正，堪称姊妹山。

当然，温岭不可能是开普敦，它靠自己的资源和方式博得世人青睐。方山不只因平坦方正而闻名，方岩书院和众多名士游历留下的千古名句，更使它充溢着文化韵味；长屿硐天这个世所罕见的人工开发硐群，硐硐相连，神妙奇特；石塘古镇的阳光、蓝天、大海、沙滩、渔港、渔村、民宿、民俗，犹如一部鸿篇巨制的交响诗，摄人心魄。

烈阳一日，我两次走进石塘古镇，为了拜望特色石屋民居，尤其是独特的曙光文化，它们就像是这块土地上的宝物和神灵，赋予一方珍贵，守护一方吉祥。

石塘是一个古老的渔村集镇，旧时称石塘山，地处温岭市东南濒海处。行走于古镇箬山和钓浜港等地，石屋民居错落有致地散落在海边山坡上，感觉眼前就是一幅画。我国东南沿海地区能看见用石头建造的民居不足为奇，那

是老百姓就地取材并防止海风腐蚀和抗击台风的一种建筑形式。但是，石塘的石屋呈橙黄色，石料颜色独树一帜，外观分外瑰丽诱人。

一些石屋已改成民宿客栈，为外地游客提供了限量版的留宿之处。坐在环境优雅的"日出·三舍"民宿客堂里，阳光透过落地窗洒满全身，品上一杯当地的云雾茶，甚是舒坦。

远处蜿蜒的绿道和橙黄色石屋，在艳阳照射下金光耀目。心想，如今温岭正不遗余力推动旅游休闲业发展，往后海边这些拥有石屋、石巷、石墙、石阶、石凳、石栏、石烟囱的渔村，定会形成一定规模的"中国·温岭石屋民宿旅游社区"，其休闲度假的集聚效应必然显现，橙黄色特色石屋的居住体验也必将让游客醉心。

打从中国内地 21 世纪第一缕曙光照进古镇的名气出来后，曙光文化，或者说阳光文化，在这里便有了特殊的意义。一种"曙光在前"的带着浓浓希望意味的祈福文化，

永远与这块土地相拥而存。

在温岭人的心目中，坐落于石塘雷公山之巅的曙光园是个神圣的地方。这里碧海环抱，为观海绝好之处，当然也是看日出迎曙光的最佳位置。昂首远眺，海上渔帆点点，海水连天，令人心境清湛。由两根高高碑柱组成的千年曙光碑，巍然矗立于曙光园中心。我问旁人这碑柱有何寓意？人们告诉我，碑柱形同两扇竖起的门板，比喻新世纪的大门已打开；碑柱又似扬起的风帆，象征渔民迎着曙光扬帆起航。

是啊，人总喜好在曙光中砥砺前行，憧憬未来。

渔民迎着曙光出海，用勤劳的双手撒开渔网，盼望的是丰收致富。然而，对于游者来说抑或会有不同的祈求。我揣摩，如果在石塘守望曙光的来临，将是人生中一次难得的祈福之旅，或能转迷成悟、离苦得乐；如果那颗心因为某种忧烦而无处安放，也许在石塘曙光映照的一瞬间，能够找到安放的去处与理由。因为，曙光赐予人们希望和胜利的念想，能帮助人们找到对生命认知的方位，自然也就知道该把心安放何处。

人类将曙光解释为清晨的日光，象征已经在望的美好前景。用曙光来慰藉生命、祈福命运、避祸就福，这是无数人心中的愿望和期待。曙光祈福，更为公正博大，更加自然绿色。它不受思想束缚，无需物质耗费，用自然的力量催生人们的梦想和信心，让人心怀宏愿、远视未来，这是何等广益！

世界上不少地方因看日出而闻名遐迩：印度尼西亚的巴厘岛、夏威夷的毛伊岛、坦桑尼亚的乞力马扎罗山……这些地方之所以热门，均因天然景物使然和文化创意的引导。英国的巨石阵一直是个神秘的地方，经过创意宣传，崇拜太阳者每年都会在春分时节汇集于此，这里也因此成了全球看日出的知名景点。

作为中国内地 21 世纪第一缕曙光首照地的温岭石塘古镇，可倚仗曙光首照专属优势，注入当地大奏鼓、扛台阁、小人节、海螺号角等民俗文化元素，结合天文气象资料的运用和加以基础设施的完善，定能创意衍生出吸引大众的主题节会和系列活动，打造国际化旅游产品——曙光祈福之地。

2016 年 8 月
写于温岭石塘

水亭街趣谈

　　我对这个深秋的夜晚，有着特殊的恋意。不仅缘于它有"冷意"的舒适，更因为游览水亭街得到的一份超然和自在的游趣。

　　位于浙江省衢州市城内西隅的水亭街，又称水亭门古街区。作为重新修饰开放的旅游街区，竟然没有格式化、序曲式的醒目入口，也没有习以为常的开门见"场"（停车场）和气派的游客中心。当我还觉得在千篇一律的城市街

头行走时，不经意间穿过一个牌坊，居然就步入了游人如织的水亭街。

可能是游览古街区多了，对于如此"潦草"的入口有点不习惯。重复地环视着周围，倒也觉得没啥不对，反而越看越觉得这样的入口简约得体。或许，不事张扬的入口处理、不拘泥于"格局"的场景布置，正是大音希声、大象无形的至高境界。我以为，有的地方一时间没有条件建造气派的入口景观和设施，不如"剑走偏锋"搞出个像水亭街这般有趣的入口也未尝不可。毕竟，吸引人的东西都讲究与众不同，旅游街区（景区）入口又何必非得整出一套固定模式呢？大可按"破坏性创新思维"之理念，因地制宜筑建各式各样的街区（景区）入口，只要能够满足游客要求且让游者感觉自在和妙趣横生，这就足矣！

进到水亭街区，左边是一座亭台，右边是被当地人视为地标建筑的天王塔。夜幕下，左右两处建筑都不染古建筑司空见惯的暮气沉沉，而是颇为艳丽时尚。尤为推崇的是天王塔，塔上设置的亮灯景观，让它看上去并不像梁朝天监年间的古塔，而是在夜色中被点点星光簇拥，用自己独特而耀眼的塔体，作为衢州人温暖的符号和安放乡愁的地方，也给远道而来的客人留下了难忘的印象。

水亭街的历史可追溯至南宋时期。鼎盛时，这里望族聚居、雕梁画栋，是衢州最重要的经贸街区。徜徉在仪态雍容的古街，依稀可感当年街上布店、药店、南货店、水果店、红纸店、裱画店林立的场景。不过，明眼人还是看得出来，目前保存的古街区遗迹多为晚清和民国时期的东西。据民国《衢县志》记载："街市坊巷今有可考者，大都皆明以后胜清时代遗迹也。"如此说来，真正明代以前的遗迹已所剩无几。何况近些年重新开发修葺，自然带有浓浓的现代化色彩。但让我们感到欣慰的是，今天的古街依旧不失魅力。

历史是一个过程，任何事物总得演化有变。我们在尊重过去的同时，也要遵从当下时代的轨迹和需求，这可能是古街区保护和利用的最佳结合点。《水亭门历史文化街区保护规划》做了这样富有见地的定位：一个以文化创意产业和旅游业为特色的活力街区，一个传统与现代文化共融的复合型社区，一座展示当地传统文化的开放博物馆，一

处年轻人向往的城市文化空间。其中"活力街区""传统与现代文化共融的复合型社区""年轻人向往的城市文化空间"正是水亭街开发所践行的内容，也是它今天能够吸引人的关键。

古街不在乎客人用双脚去丈量，而是让客人有心灵沟通和彼此互动的机会。一间陶吧门口传来优美的葫芦丝声音，周围不少人围上去驻足倾听，并不时有人捐钱。这是两个孩子在举行"爱心做善事——帮助学校贫困同学"的义演，大家被小小年纪的善心之举感动，情不自禁地触发了爱的情感默契与共鸣。

行近古城楼的地方，中华老字号邵永丰麻饼店的一位师傅正在表演制作麻饼。他不时地同顾客互动和交流，逗得大家纷纷伸出大拇指点赞。高兴之余，许多人都买了店里的麻饼。古街上类似的互动项目还有不少，足见水亭街"老街新开"后业主们已经精通现代商道，懂得互动体验是吸引游客、增加消费的绝招。

麻饼店二楼的茶吧，是逛街累了歇歇脚的好处所。泡一壶清茶，品一块麻饼，赏一段风清月朗，今晚在忘却世俗繁杂中度过。

2016 年 10 月 15 日
写于衢州市

田园东方，用创意吸引目光

田园东方，一个裹着诗意和泥土芳香的名称。

当我走进无锡阳山"田园东方——中国首个田园综合体示范区"的时候，眼见一切同它的名称名实相副。约400万平方米规划面积，大部分还是自然田园的景象，而

约 20 万平方米已经对游客开放的区域，以田园主题设计了游在田园、娱在田园、购在田园、吃在田园、住在田园等功能区块，俨然已是"田园综合体"的雏形。

因为当地盛产水蜜桃，田园东方依托"蜜桃主题乡村度假景区"起步，接着与时俱进地打造成了田园综合体。熙熙攘攘的客人，来这里臻享综合性的田园生活，让很多人找回了久远的乡村记忆。

挂满长豇豆的棚架、成片的桃林、遍地的花草，一派生态自然的景色；圈养"两头乌"的猪栏、放羊的草甸、别致的鸡笼，宛然六畜兴旺的气象；农产市集、主题餐饮、特色铺子，营造了丰收的情景；民舍、古井、池塘、原生树木，勾起众人的乡情记忆；手工作坊里的木料、皮革、麻布，让你收获制作一件工艺品的喜悦……

当然，田园东方并不只是让你体验田园生活，还能满足你现代化的生活需求。田园诚品商店摆放着各类精致的纪念品和礼品，花间堂古宅民宿和稼圃集途家度假别墅酒店让客人进入怀旧或恋新的梦乡，田园番薯藤餐厅和阳山厨娘诱惑着人们的味蕾，蜜桃猪 de 田野乐园能满足亲子旅游的需求。

我喜欢那座老宅改造成的拾房书院。面积不过 300 平方米，可以阅读品茗、抄经闻香。它让田园东方的泥土芳香里，溶入了淡淡的书香。在这里能够感悟和知晓：田园式的乡村生活，依旧离不开文化的滋养。

书院女主人跟我说：老板对于田园文化有太多想法和愿望，小小的书院不只是供人阅读休憩，也是田园综合体文化活动的策划部。书院每月至少举办两场相关活动，以

此传承书香、交流梦想。

游走于田园东方，深感这是一个用创意点亮美丽的地方。我非常欣赏它在田园本色环境中，营造出了农业、文创和旅游社区的综合性模式。

在田园综合体概念越来越火的今天，田园东方正迈着先行先试的步伐，用创意吸引着更多人的目光。

2017 年 10 月 3 日晚
写于无锡金陵大饭店

我把托萨介绍给大家

我把托萨介绍给大家，是因为我也是经人介绍才去托萨旅行的。

起初是一位毕业于北京第二外国语学院旅游管理系的姑娘，她喜欢叫我师傅。

她说："师傅，你去了西班牙一定要去托萨，那边特别好玩。"

无独有偶，我从葡萄牙里斯本飞巴塞罗那，来机场接我的导游也毕业于北京第二外国语学院。他也说："建议你

去托萨看看,我平时喜欢带家人到那儿度假。"

我是急性子,既然他们都建议去托萨,就决定第2天一早出发,赶在晚上8点前回到巴塞罗那。就这样,2019年4月27日成了累并快乐的一天。

托萨,又称托萨德马尔(西班牙语:Tossa de Mar),是西班牙加泰罗尼亚赫罗纳省的一个镇。从巴塞罗那到托萨,开车大约一个半小时。

欧洲的小镇里面,托萨算是漂亮的。它所怀揣的美丽海岸和古老城堡以及原始渔村,让我有理由并带着刚刚游览过的激情,把它介绍给大家。

地中海出众的滨海旅游小镇,都拥有美丽海岸,托萨也不例外。这里有沙滩的岸线虽然不长,但海水湛蓝、波涛柔美。宽广而平坦的沙滩舒适怡人,最讨人喜欢的是沙子粗细适中,脚踩进去沙子不入鞋,人躺在上面沙子不会黏附。这片沙滩,由此成了游客和当地人各种活动的"公共场所"。

我来得早,沙滩上人不是很多。有情侣在散步,有人躺在那儿读书,也有家长带着孩子坐看大海。

见一位武术老师带着十

来个学生在练太极拳，我便走了过去。

"你好，这是在练中国的太极拳吗？"我问那位老师。

"是的。这边有很多人喜欢来沙滩练武。"

他一边回答，一边高兴地为我展示了几个太极拳动作，并说自己特别喜欢太极拳，已经练了15年，现在收了一批当地青少年为徒弟。

我问："你的老师是中国人吗？"

他说："我的老师是西班牙人，但我老师的老师是中国人。"

沙滩上的人渐渐多了起来，其中有不少人也是来练太极拳的。

沙滩及其周围是游客比较集中的地方。这里既能够看到托萨小镇最美的风光，又可以坐小型游船沿海岸线看最原始最纯正的岩洞，还有那些漂亮的礁石和山崖。

我最想给大家介绍的是依偎在沙滩边，建于13世纪的那座古城堡。当年选址建在高50米的悬崖上，完全是为了

防御敌人的军事需要。如今,古城堡临崖而建的雄姿,却成了游客喜爱的景观遗址。

穿过岁月长河,城堡因年代久远有些损坏,但塔楼和城墙等大部分建筑坚固无损。托萨的海岸,因为拥有这样一座造型别致的古城堡,使得这段海岸线被誉为"美丽岸线"。

登上城堡,居高临下,大有固若金汤之势。漫步现存的古城墙上,不失为观赏风景的绝佳之地,于外可远眺大海,于内能俯视全城,可谓美景尽收眼底。

紧挨着城堡的是原始渔村,现在依然是人们生活的区域。古旧的石屋、厚实的围墙、黑色的栏杆,很容易在恍惚之间以为走进了中世纪的小镇;每条石头的巷道、每扇斑驳的门窗、每处开裂的石缝、每棵苍老的树木,无不告

诉我们渔村的古老和悠久。

托萨的古城堡和原始渔村串起了自古罗马时期到中世纪再到今日的历史脉络与特征，俨然一座天然的露天博物馆，蕴含着丰富的建筑思想和不凡的历史气度。无论是学者、艺术家，还是普通游客，对它都抱有敬意，并与之共享了历史留下的建筑与文化瑰宝。

多少年来，托萨缘于古老的历史背景和极致的滨海美景，吸引了来自世界各地的游客。小镇当地居民仅四千多人，而游客数量却大大地超过了他们。当地生活因此变得繁忙，镇域面积也随之扩展，随着服务接待设施日益完善，如今的萨托已成为西班牙具有代表性的国际旅游小镇。

2019 年 4 月 29 日
写于巴塞罗那

行游南疆

　　位于新疆西南缘的喀什，东临塔克拉玛干大沙漠，南依喀喇昆仑山与西藏阿里地区，西靠帕米尔高原，北接天山南脉，面积16.2万平方千米。来喀什旅行，在有限的两三天时间里要从喀什及其周边偌大地域和无数旅游资源

中选择旅行线路，确实很难。最终，我决定择其要而行之：走向高原、走进古城。

从喀什城区驱车上帕米尔高原，令我激动不已。沿途白沙湖和喀拉库勒湖的风光，以无与伦比的美震撼着我的眼球，在我的旅行记忆里留下了深刻印记。

白沙湖，的确算得上是"一幅大漠水乡的画面"。蓝天下，一泓碧水依偎在白沙山下，圣洁的湖面映照出天空漂移的云朵和白沙山自然洁白的山体，呈现出罕见的沙漠奇观。这种水依着山、山融进水的情景，容易让人回想起岁月里曾遇见过的，或坚强如山或柔和似水的往事。一种触景生情、回味无穷的适意油然而生。

和白沙湖不同，喀拉库勒湖显得深邃豪壮。湖水因深

而呈暗色，在柯尔克孜语中"喀拉库勒湖"意为"黑湖"，所以喀拉库勒湖也称黑湖。深深的湖水，给人深不可测的猜想。传说湖里藏有水怪，虽无法证实真假，但却让喀拉库勒湖多了一份神秘感。

喀拉库勒湖的魅力在于波光潋滟的湖面，在于水上成千上万飞翔的水鸟，更在于周边的大美景致。东面屹立着"冰川之父"慕士塔格峰，海拔 7546 米，峰姿雄伟，巍然高大；西面的萨尔阔勒山脉，逶迤不绝，横岭独秀；周围的大片牧草，新鲜碧绿，生机勃勃。冰峰、山脉、牧草、湖水，铸就了高原湖泊特有的壮观。

无论在白沙湖，还是在喀拉库勒湖，只需稍作停留、仔细观察便会发现，眼前的景色会随着风儿、云朵、阳光

等变化而更换着模样，如风儿吹皱了湖面、云朵改变了形状、阳光躲进云缝洒下无数条金色光芒……变化是大自然永恒的法则，白沙湖和喀拉库勒湖的景色或许一直都在变，不过变归变，它们却从不令人失望，总是神奇地保持着秀丽的样子。正是这种千变万化的奇丽，让广大游客流连忘返。

如果说，白沙湖和喀拉库勒湖的美是自然的律动，也是造物之主的恩赐，那么，喀什古城的美则是悠远的，一种用漫长时光雕琢出来的人文之美。

可能是游人如织的催化，抑或是其他原因，乍看古城会觉得过于商业化。但真正的旅者能撩开面纱用寻觅的目光去打量她珍贵的存在，在满大街的商业摊位中发现真实

的生活场景。去修饰一新的建筑间找到特色民居的遗存，到背街小巷探访民俗风情，在靓丽多彩的夜市品尝传统的西域百味。兴许，这样的古城之旅才是畅快而有收获的。

喀什古城里的一些生活场景，触动我们去怀念曾经的慢生活，体味悠久的历史美感。弹棉花的、裁衣服的、做帽子的、钉马掌的、制造乐器的，还有木匠、铜匠、铁匠、皮匠等众多手艺人，目光所及，皆会找到放慢生活脚步的理由。这些生活场景，佐证当地人依然过着一种自然、自在和相对传统的生活，他们拥有怡然自若的生活态度和自信乐活的人生。

喀什特殊的地域文化，孕育了当地人奔放豪迈和率真、乐观、热情的性格。在喀什旅行，能感受到当地人那种释放天性的自觉和自信。一天傍晚，我去参观维吾尔族特色传统建筑高台民居。经过一条巷子时，两个孩子主动迎上来同我聊天，陪我走了很长一段路。他们丝毫没有怕生，从容释放着孩子的天性，非常可爱。

　　徜徉在古城的大街小巷，你会发现，当地人兴致一上来，立刻就能弹唱一曲或是热舞一番。将艺术融进生活，把欢乐过进日子，这可是非常难得的传统风尚延续，也是喀什古城一道优美的人文景观。

2023 年 6 月 27 日
写于乌鲁木齐锦江国际酒店

遥望苍穹的小镇

贵州省黔南布依族苗族自治州平塘县的克度镇，千百年来藏于崇山峻岭之中，外界很少有人知道。直到 2016 年 9 月 25 日国家重点工程"中国天眼"FAST 宣布落成启用，这个山区小镇才闻名于世，随后不久易名为平塘天文小镇。

　　抵达平塘天文小镇时，已经是晚上九点多了。周围山区沉浸于静谧之中，唯有这里灯火辉煌。宽阔气派的道路，现代化的建筑，随处可见夜间营业的商店和餐馆，原始山区村镇的迹象不复存在。建有星座地景浮雕的文化广场上，大妈们还在颇有节奏感的音乐声中跳着广场舞，这让小镇的夜晚显得新潮而动感。

　　我住的酒店就在广场边，从店名到建筑都被打上了天文印记。进入大堂，里面的设计和家具装饰、物品摆设均同天文学有关。一排摆放整齐的各式各样天文望远镜，更让我大开眼界。没来得及办理入住手续，就被围着电视机屏幕的一群人吸引，一位年轻人正在给大家讲解视频里关于"中国天眼"FAST的情况：这个被誉为"中国天眼"的 500 米口径球面射电望远镜，历时 22 年建成。它是目前世界最大单口径、最灵敏的射电望远镜。截至 2019 年 8 月 28 日，"中国天眼"遥望苍穹，已发现 132 颗优质的脉冲星候选体，其中有 93 颗已被确认为新发现的脉冲星。

办好入住手续，进入房间，里面摆放着中国优秀科普期刊《天文爱好者》，阳台上架着一台天文望远镜，满满的天文范。

很庆幸，这次贵州之行没有忽略这个小镇。这个地方比其他很多地方更具特色，也更有看头。

出于好奇，我又从酒店出来，趁着夜色游览了近半个小镇。

那些按照星球或星座设计的路灯，在夜色衬托下犹如星空落凡。大街小巷几乎都被冠以和天文学家、天体科学，甚至天象传说有关的路名，而镇上最大的住宅区也称之为"星际家园"。

夜间最为抢眼的当属客栈的霓虹店招，"星宇客栈""祥妘客栈""星星客栈"……它们的名称也与天文有关。当然，整个平塘天文小镇夜晚最耀眼的莫过于"南仁东先生先进事迹馆"那一排闪闪发光的霓虹大字。它照亮了一位科学工作者牢记使命的前行足迹，矗立起一座勇攀高峰的科技丰碑。

南仁东是我国著名天文学家，"中国天眼"FAST 500米口径球面射电望远镜工程的发起者和奠基人。他长期默默无闻地奉献在科研工作第一线，呕心沥血。他主导提出利用贵州省喀斯特洼地作为望远镜台址，并主持攻克了一系列技术难题，为铸就大国重器做出了杰出贡献。遗憾的是，这位"中国天眼"FAST 首席科学家兼总设计师因病逝世了。有人说："'中国天眼'项目就像为南仁东而生，也

燃烧了他最后 20 多年的人生。"

希望科学家都能像南仁东这样恪守本分、求真务实。我们应敬仰南仁东先生，更要对面前这座倾注了他智慧与汗水的小镇充满深深的敬意！

次日上午 9 点半，经过严格安检，40 多分钟车程后我们抵达了"中国天眼"FAST 所在地。

我赞赏入口处"中国天眼访客服务中心"的牌子，他们将大家惯用的游客服务中心改成访客服务中心。一个字的改动就有了学术氛围，这便是科学工作者的眼光与见识。你想，如此一个科技要地，何止是游客游览之地？

再一次接受安检后，上山走 700 多个台阶，就见到了

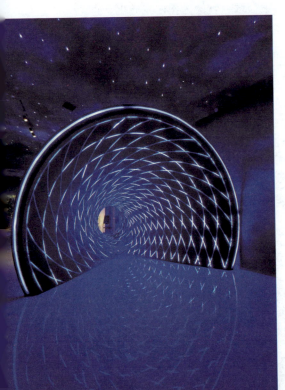

大窝凼喀斯特洼坑中的"中国天眼"FAST。口径 500 米由近万根钢索组成的反射面索网主体，十分壮观；建于洼地周边山峰上的 6 座百余米高的支撑塔，形如春笋、直插云霄。不过，这些只是外行看热闹而已，内行看门道还不一样。据说，眼前的庞然大物包括了台址勘察与开挖系统、主动反射面

系统、馈源支撑系统、测量与控制系统、馈源与接收机系统、观测基地建设系统等，是一项复杂的高科技工程，决不仅是一处简单的景观。

从"中国天眼"FAST回来，去了镇上的国际天文体验馆、天象影院、观测体验室，这些地方可一边游览一边接受科普教育。对于我这个天文知识欠账较多的人，确实受益匪浅。

快到傍晚时候，依依不舍地离开了天文小镇。

年轻而充满了活力的小镇让我明白，它虽缘于"中国天眼"FAST这项举世瞩目的工程，但它也更让我坚信，它是人类探索星辰大海的前沿重镇。

2019 年 10 月 15 日
写于贵州平塘天文小镇

夜行江边

　　春深日暖的 4 月，我下榻湖北省宜昌市的酒店。透过房间的落地窗，映入眼帘的是象征着中华民族精神和意志的长江。

　　"山随平野尽，江入大荒流。"

　　眼前的长江，江面开阔、烟波荡漾。奔流不息的江水，

用磅礴之力勇往直前，与相连的原野及远处隐约可见的山峦，构成风光万千。

景致诱人，一种想去江边散步的冲动油然而生。夜间，从酒店出来跨过一条马路，便到了长江边。由东向西走，依次经过红色沥青铺就的步道和滨江健身步道。

一路上，树林夹道，花红草绿。但最迷人的，还要数江中夜景。长江，没有因为宜昌城市的华丽、热闹改变原有的执着和潇洒，依旧滔滔向前、逍遥东流。凡有船只驶过，激起层层波浪，扑向滩岸，尽显惊涛拍岸的非凡气概。那些船上的灯光，映入江水，构成一束束移动的光带，格外耀眼。

长江用万里身姿，滋养着古称夷陵如今叫宜昌的这座城市。早在四五千年前，中华民族的祖先就在这块土地上

繁衍生息。春秋战国时的西塞要地、三国时期的古战场、唐宋的著名古迹……过往的历史画面，仿佛再度出现于眼前。宜昌，上控巴蜀，下引荆襄，自古以来就是黄金水道，曾缔造过辉煌的码头商贸史，开创了长江中下游货运往来的先河。近代，这里曾是中国最早的通商口岸之一，引来无数商帮、洋行和领事馆，由此蜚声海内外。从古到今，宜昌离不开长江穿城而过带来的庇护和厚爱。

我遇见了一座泱泱江水畔繁华好客的江城。沿着江边走了半小时，向右边的沿江大道望去，万达广场和高端住宅楼林立，霓虹闪烁，这座江城作为长江主轴上主要城市之一的繁荣和气派可见一斑。再往前走几百米，是宜昌市游客中心和昼夜繁忙的长江游轮码头。江面上停泊的几艘游船，灯火通明，还在热情地接待着夜游的客人。难怪有人说，宜昌是个好客的旅游大市，她用热情的待客之道和依江伴城的旅游景区，吸引着东西南北的旅游者。

在我看来，来宜昌，沿着长江边行走，无论白天还是夜间，不管走半小时、一小时，还是更远的行程，都不止是锻炼身体，还可以欣赏华美的江景，更能够获得思想与精神的加持。

2021 年 4 月
写于宜昌

一次土族文化研学之旅

　　中国的五十六个民族中，有两个称谓十分相近的民族，那就是土家族和土族，不知道的还以为是同一个民族，其实他们是两个完全不一样的民族。

　　对于土家族我还有所了解，但对土族的情况知之甚少。

借一次出差青海省西宁市的机会，我特意安排到离西宁市
31 千米处的互助土族故土园，做了一次研学之旅。

这是一座别具特色的大型文旅创意园区，2017 年被评
为国家 AAAAA 级旅游景区，核心游览区面积达 3.25 平方
千米，由彩虹部落土族园、天佑德中国青稞酒之源、纳顿
庄园、西部土族民俗文化村、小庄土族民俗文化村 5 部分
组成，用文旅创意手法展现了土族绚丽多彩的民俗文化、
源远流长的青稞酩馏酒文化、古老纯真的建筑文化等。

参观了互助土族故土园的彩虹部落土族园，在富有创
意的集中文创展示中，我对土族历史、生产生活习俗和民
俗风情有了贴切的认知。那些青砖青瓦或土坯筑成的房子，
那些砖雕或木刻的建筑构件，形成了奇特的土族建筑形态。

彩虹部落土族园里的土司府、安召广场、十八洞沟老油坊、世义德酒坊、活佛院、庄廓院等，均有较高的观赏性、参与性和知识性。

经巧妙展陈，色彩鲜艳、式样别致，富有浓郁民族特色的土族服饰是一大看点，给了游客很大的观赏空间。传统土族服饰种类繁多，有"托欢""扭达""普斯尔""秀苏""恰绕"等。随着时代的变迁，土族一些古老的民族服饰已经失传，现存的很多土族服饰也逐渐失去了原有的特色。正因为这样，2008年土族服饰被列入第二批国家级非物质文化遗产名录。

讲解员介绍，土族服饰中的花袖衫颇具代表性。它用红黄绿蓝紫五色绸缎夹条缝制成的袖筒，缝接于坎肩或者长衫的肩胛部，若衣衫再配有黑白两色，就被称为"七彩衣衫"，寓意七色彩虹。

我曾在一处资料里看到，土族古老的民歌《杨格喽》中写道："阿依姐的衣衫放宝光，天地妙用尽收藏。红橙蓝白黄绿黑，万物全靠它滋长"。可见，土族先民就有穿"七彩衣衫"花袖衫的传统。

众所周知，以互助青稞酒为代表的青海青稞酒名扬天下。互助县当地，青稞酒产值占青海省青稞酒总产值的90%以上，占全国青稞酒行业产值85%以上，可谓青稞美酒主要生产地、集散地。互助土族故土园的纳顿庄园，展示了青稞酩馏酒传统土法酩馏酿造工艺，既有文创体验，又长见识。酩馏酒，是一种传统酿制工艺液态发酵白酒，不属于干料发酵的白酒类。它性味辛温，有祛风散瘀、温补驱寒之功效。

　　不少旅游者选择在互助土族故土园用餐，品尝一下当地美食，喝上几口清澈透明、清香爽净的青稞酒，在悠长的回味中留下对土族文化的美好记忆。

2020 年 9 月 19 日
写于青海西宁

艺术不在乎排场

冬日的阿姆斯特丹，寒风料峭。

当地时间下午不到 5 点，天就开始黑了，这让我和几位朋友在阿姆斯特丹的唯一一个晚上，能有充足的时间在夜幕下观赏当地灯光节的艺术作品。

水系发达、运河交错，构建了荷兰政治中心阿姆斯特丹的城市基调。这个地势低于海平面 1~5 米的"水中之城"，除了水坝，还拥有 165 条河渠，配上近 1300 座桥梁，交织出水与城相映成趣的独特风光。

世界各地艺术家们创作的灯光艺术作品，大部分集中于岸边或河里。若认真欣赏，先得在岸上看两小时，再坐一个半小时游船，方能看完所有灯光艺术作品。

不可思议的是，岸上看、水上游，但仍然感觉不到阿姆斯特丹在举办一场全球知名的灯光作品展。参展的 36 件作品无任何"陪衬"，都孤零零地置于岸上或水里，最多也就在边上有块不起眼的说明牌，更别说像样的举办世界级活动的氛围。按平时参加类似活动的经验，容易质疑阿姆斯特丹没钱或没有能力办好这个活动。可是，事实并非如此。当地朋友告诉我，主办方就是不喜欢排场，这样好让活动更艺术更专业。

朋友的话让我好生琢磨，也促使我不受上述低调活动的"负面"影响，能够专注地去解读这些孤零零作品本身所具有的艺术内涵。

一台经过光影艺术再造的参展作品"起重机"，静静地置于运河边上，旁边停放着当地居民的私家车、自行车。作品如此真实自然地融进生活空间，显得非常纯粹、没有杂质。好的作品确实不需要特意搞出来的氛围。

　　阿姆斯特丹的做法，印证了举办方的唯美行为以及对于艺术不在乎排场的深刻理解。艺术家作品的摆放位置是按照当地的环境去构思的，周遭为真实的存在，而不会为了作品去设计环境。

　　当天晚上，到阿姆斯特丹一家不起眼的西餐馆用餐。从一条小小的巷子进去，通道狭小而低矮，陈旧的桌椅板凳和老式装饰摆设，同阿姆斯特丹现代时尚的城市风格有些格格不入。可是，里面座无虚席。

　　餐前，一位熟悉这家餐馆的老乡先带大家参观并介绍了这家店的来历。早在 17 世纪，这家店出门便是海港码头。店里地面至今保留着外高内低的斜度，就是当时为便于将购买的东西顺着坡度轻松地搬进店里。当年的装修至今基本没变，那些陈旧的桌椅板凳，经她一介绍居然是古董文物。

　　在一个小小的房间里，服务生指着墙上四幅素描画介绍说："这是伦勃朗的原作。"话音一出，吓我一跳，这可是价值连城的宝贝啊。还有，在一个十分普通的橱窗里，居然摆放着 16 世纪的玻璃艺术品，晶莹玉丽，令我

大开眼界。

　　次日一早离开阿姆斯特丹，在飞往法国里昂的飞机上，我继续琢磨着昨晚遇见的事，一番穷思竭虑，得出的结论是：真正的艺术不在乎排场！

2019 年 12 月 7 日

写于法国里昂

永州文化，如潇湘之水源远流长

朋友约我到他永州老家走走，心想，去过湖南多次，对地处湘南的永州却知之甚少。陌生，才是出行的动力。于是，在花香四溢的五月，我携夫人又拉上一位老同事跟随朋友去了一趟永州。

抵达永州已是傍晚，匆匆入住旅馆，用过晚餐，朋友就带我们去游览东山，一座在永州市区的文化名山。

风清月朗，登山观景，初识就非同一般。武庙的雄伟古朴让我们领略到永州壮观的古庙宇建筑。虽因时间过晚没能入内参观，但从现场文字介绍可见它的恢弘大气与历史地位。整个建筑 5 进 5 开间，面积达 5000 平方米，始建于明洪武初年（公元 1368 年），历史上曾是永州、衡阳、邵阳、郴州等州府共同奉祭关公的高等级武庙，以长江以南规模最大且最有地域特色而著称。山之巅的法华寺，中唐至今，历史久远，因寺庙临夜击鼓鸣钟，故名"山寺晚钟"，成为永州八景之一。朋友带我们去看"草圣"怀素的《千字文》碑。借着手机电筒的光亮，在一处医院旧址里见到了这块珍贵碑刻。虽然周遭破败，难免有些伤感，但碑文经历风雨剥蚀后依稀可见的书法神韵令我们肃然起敬、激动不已。夜渐深，薄雾轻笼，沿崎岖山路来到为纪念怀素而建的亭榭，朦胧夜色中隐隐约约见到牌匾上"醉僧亭"三个大字，由曾担任过中国书法协会主席的沈鹏题写，格调高逸，意义非同一般。

在中国书法史上，不得不提怀素，而提怀素就不得不提永州零陵。永州是湖南省地级市，下辖零陵在秦始皇二十六年（公元前 221 年）统一中国后实行郡县制，设长沙郡，置零陵县，因潇、湘二水汇合于此，故雅称"潇湘"。我们习惯泛指湖南为潇湘，事实上永州零陵才是真正意义上的潇湘。怀素的出生地和成长地在此，幼年在东山绿天庵修行，经禅之暇"醉里蕉叶代纸，笔挟风雷狂草"，成为

唐代杰出书法家，与张旭齐名，合称"颠张狂素"，是中国草书史上两座高峰。

永州作为国家历史文化名城，承载了太多的人文历史。我们去了距离市区 50 多千米的浯溪碑林，大书法家颜真卿将元结在公元 761 年撰写的《大唐中兴颂》书写下来，镌刻于江边崖石，因其文奇、字奇、石奇，被后人誉为浯溪"三绝"；宋代著名书法家米芾的《浯溪诗》和著名文学家黄庭坚的长诗《书摩崖碑石》等名家题名刻石，实属难得一见；历代文人墨客共有 250 多人，在此运笔抒怀、打碑刻石，使浯溪成为国内最大碑林。可以说，永州是研究书法和碑林的宝库。

永州孕育了书法"草圣"怀素，军事家蒋琬、黄盖，哲学家李达等一大批杰出人物。它得天独厚的文化底蕴，还与唐代文学家、政治家、思想家柳宗元谪永期间留下大量名篇佳作有关。当我们游走于潇水西岸的柳子街时，这条被称作"穿越到柳宗元笔下的千年古街"的青石古道，充盈着浓浓的人文气息。《永州八记》中《小石潭记》《钴鉧潭记》《钴鉧潭西小丘记》是柳宗元留在柳子街的文化印记。柳宗元一生共有作品 600 余篇（首），其中有 500 多篇（首）是在他被贬为永州司马十年间完成的。可想而知，千余年来他对永州文化的形成和发展起着极为重要的作用。

柳子街 550 米长、约 6 米宽，两旁为商铺，当年湘桂古驿道穿街而过，留存了不少的驿商文化、民俗文化和建筑文化，让它有资格入选为全国首批历史文化街区。柳子街上的柳子庙拥有《荔子碑》等文物珍品，古桥、古亭、古院、古石刻等，展现了历经风雨冲刷后的人文荣耀。

诗人陆游用"挥毫当得江山助，不到潇湘岂有诗"来突出潇湘景色之美。路过拥有 2000 多年历史的永州零陵古城，深远文脉与秀美山河交融而出的怡人景象深深地吸引着我们。对于常年在外的永州游子而言，更会触景生情，眷恋之意溢于言表。邀请我们来永州的朋友，大学毕业后一直在外工作，但对于家乡的思念却与日俱增。他跟我说，没有机会回报家乡有些遗憾，非常期待文化厚积的老家能够加快现代化发展步伐。

身在他乡的人们，怀念和感恩家乡的形式有很多种。我这位朋友在意的是老家书法艺术的博大精深及其历史地

位，并为此深感自豪。他建议就读上海师范大学的女儿选择书法学专业，将来和家乡在专业方面能有联系，可以常回家看看，或许还会有报恩家乡的机会，借以弥补自己远离故土的不舍和对家乡的愧欠。

离开永州那天，我们特意去寻找潇湘八景之首的"潇湘夜雨"景点，观赏潇水和湘水汇合之盛景。想必无数与永州结缘的杰士名流，也曾来此游历、思虑、采风、创作。千年文化源，此处是潇湘，永州文化就像眼前的潇湘之水蜿蜒奔腾、源远流长！

2023 年 6 月 2 日
写于湖南省祁阳市品缦芸酒店

用艺术传承一座城市的感恩情怀

2019 年 12 月，我身在法国南部城市里昂，当地正举办一年一度的灯光节。夜晚，人头攒动，光影璀璨。当地人说，这个节会虽然只有 4 天时间，但游客达 200 万人之多。它不只是灯光照明和旅游方面的活动，也是里昂城将

感恩与艺术的融合。

故事可溯到 1643 年，传说当时鼠疫肆虐，当地官员和贵族为拯救城市向圣母马利亚祈福，果然不久瘟疫就销声匿迹了。于是，为了感恩，里昂人每年 12 月初，便会挨家挨户在窗前点燃小蜡烛。里昂灯光节由此而来，它蕴含着深深的感恩之情和人们对未来美好生活的憧憬。

随着一届届灯光节的举办，里昂艺术氛围也越来越浓，逐渐占据了世界灯光艺术集中展示的高光地位。它与美食、足球一起，吸引着世界的目光，让里昂人为之骄傲。

在里昂两天时间，白天去参加论坛或拜访相关友人，晚上趁着夜色来回观看罗纳河两岸大街小巷、广场公园里的那些灯光艺术作品。

灯光节展出了 36 个大型光影作品，游客蜂拥而至、大开眼界。有直抵心灵寓意丰富的光影秀、有造型别致的光雕塑、有让游客互动体验的灯光装置，来自世界各地的游客观赏着来自世界各地艺术家的作品，可想而知，这是何等高水平的艺术盛会！

更让人感动的，是一

些建筑窗台上依旧摆放着蜡烛，还有专门复原当年里昂人为感恩点燃蜡烛的街景艺术作品。想不到，经历漫长的光阴浸染，当地人还能以这种艺术化的形式，讲述久远的感恩故事，让那段逐渐被尘封的岁月因灯光艺术而接续至今。

我在想，任何好的历史故事或文化现象，若被封存于原来的时点，它们的生命也就终止了，那些有益的人文风尚无法传递给后世，这是一种文化遗失。只有用后人喜欢的形式和载体予以延续，就像里昂的灯光节一样，才能够让曾经的文化气象绵延流长，使人类变得从容和睿智。

在此"诗意城市的光与艺术"为主题的里昂灯光节国

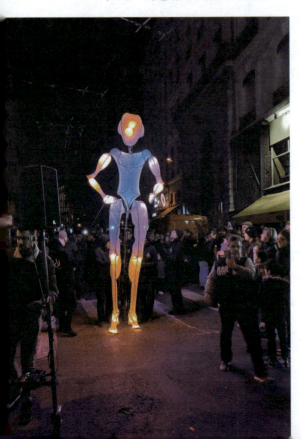

际论坛上，我向组委会主席让·弗朗索瓦先生提问："里昂灯光节源于一个感恩的故事，那么，如今你们如何将感恩与艺术结合起来？"他和他的团队做了这样的回答："我们知道当年以每家每户点蜡烛的形式来表达感恩之意，现在灯光节还有作品还原

当年的情形，至今当地人还用蜡烛来纪念这个节日。虽然有许多里昂人迁到郊区了，但我们希望他们能够保留这样的传统。"让·弗朗索瓦主席说自己的父亲不是里昂人，但父亲也会用点亮蜡烛来参与灯光节活动。

或许，当地人已经习惯于将感恩赋予艺术表现形式，这种用艺术诠释一座城市固有的感恩情怀，让我们不得不为之鼓掌。

2019 年 12 月 11 日
写于巴黎至北京的飞机上

院子里的《芳华》

　　初次见到海南省海口市观澜湖华谊冯小刚电影公社的"省军区政治部文工团"院子，就涌起了似曾相识的感觉，因为影片《芳华》的主要画面就取景于眼前的这座院子。

　　平时很少看电影的我，对于严歌苓编剧、冯小刚执导

的电影《芳华》却有些执念，前后认真地看过两次。对于电影最直观的了解不外乎影片的内容、人物和场景，而《芳华》的这三个方面基本上都聚焦在这座院子里。

从 20 世纪 70 年代建筑风格的门楼进入，映入眼帘的是巨幅毛主席画像。左边为电影里文工团演员的集体宿舍，右边是篮球场和排练厅。一条小径通往影片里的小型游泳池，还有当时比较常见的露天洗衣槽和铁制晾衣架。

看过冯小刚执导影片《芳华》的人，见到这院子里的场景便会想起电影里一个个熟悉的镜头：刘峰带着何小萍冒雨来到文工团院子，由此男女主人公开启了一段曲折的人生故事；一群年轻舞者在排练厅齐刷刷地举着红旗和钢枪，展示出的优美舞姿，让无数观众大饱眼福；夜深人静

的时候，受尽委屈的何小萍在宿舍打着手电筒给爸爸写信的画面，令观众心中有了说不出的滋味，它告诉人们该珍惜生活中的那份浓厚的亲情；排练厅的那场告别会，"再见了亲爱的战友"表达出的依依不舍和离别的动情场面，使大家懂得文工团才是不能割舍的家。

这个曾经热闹的大院，留下了一群人芬芳的年华印记，足够让我们勾勒出一部电影的剧情：20世纪七八十年代，充满理想和激情的部队文工团里一群正值芳华的青春少年，经历着成长中的快乐和苦恼以及因为爱情所引发的故事，记录了岁月赋予他们充满变数的人生命运。

排练厅门口广告栏里的那张剧照，让我驻足许久。上面几位女演员都不是大家特别熟悉的，但她们仿佛就是故事中的真实人物。我每次见到影视剧中十分熟悉的演员，立刻会产生"这是在演戏"的感觉，思绪自然也就融入不了故事情节里面。多用些新人其实是好事，不仅有利于塑造具有真实性的人物形象，也可以让更多的人参与影视艺术体验。

导演冯小刚在这方面却另有高见，用他自己的话来说："我不太希望在《芳华》这部电影里给观众看到的还是翻来覆去的那几张脸，因为影视业特别活跃，电影生产量特别大，《芳华》应该展示的是一些崭新的面孔。像我们这种有点资历的导演也有义务挖掘培养新人，为电影的演员队伍输送新的血液。"我们应该感谢冯导的明智，《芳华》里的这批新演员，是他们演绎出了剧情的真实性。

也许，观看电影作品和实地参观是两码事。我曾埋怨整部影片中，这院子里的篇幅过长，怀疑是冯小刚偏爱自己的电影公社，由此耽误了剧情的叙述和场景的丰富性。现在当我细细观赏这座院子的时候，感觉把这里作为影片的主要取景地是恰当的，因为这院子所有的东西都是真实存在的，几乎没有临时性布景的痕迹。院子给了《芳华》真实的拍摄场景，《芳华》也吸引了无数人来游览这座真实的院子。

院子里的《芳华》，是一次难能可贵的真实的艺术创作！

2019 年 8 月 18 日晚
写于老挝万象 LANDMARK 酒店

云峰山下石头酒店

石头，总会有些故事。

希腊的帕台农神庙、印度的埃洛拉石窟、意大利的马特拉古石城……都是石头留下的历史痕迹。如今的石头又能给当下的我们留些什么呢？这便是我探访石头纪度假酒店的原因。

　　走进位于云南省腾冲市云峰山下的石头纪度假酒店，已是暮色四合。虽次日中午前就离开了酒店，但在短短十几个小时的时间里，我已迷上这里的石头建筑，于是，也就认定这是一家以石头为主题的特色酒店。

　　石头纪度假酒店，打破了传统酒店的建筑形式，以独栋石头别墅为主，让住店客人完全在石头构建的空间里享受度假时光。已经对外经营的 50 栋石头别墅客房，有管家提供专业的私人订制服务。酒店配套的游客中心、休闲中心、天地舞台等公共场所，不仅服务水准达到极致，建筑形态和结构也均有它的别致之处，蕴含着独有的理念和故事。

　　大凡世界上有故事的建筑，无疑均与设计师有关。

　　这家酒店，从建筑、景观到室内灯光、布艺、陶艺的

设计，都出自世界顶级大师之手。当我在房间里看到日本建筑设计师隈研吾写的《负建筑》一书时，揣测这本书与这家石头主题的特色酒店必有关连。果真，隈研吾先生就是这家度假酒店的建筑设计师。他写的《负建筑》一书，立足于对建筑物能源消耗、环境保护和视觉美学等诸多问题关注的基础上，阐述了作者对于建筑与人、建筑与自然之间的深度思考，提出了"有没有可能建造一种既不刻意追求象征意义，又不刻意追求视觉需求的建筑"的诘问。这是这位日本设计师对自己从事专业的思考，以至于他在《负建筑》一书中表现出建筑物作为人类的庇护所竟是如此

脆弱的担忧。他要用自己的设计和创作实践，让建筑成为人们安全生活的保障。石头纪度假酒店的设计，正契合了他的上述想法。

石头纪度假酒店所有的独栋石头别墅客房，都是地上一层结构，坚实而朴素。在周围山体和林木的映衬

下，建筑仿佛"消失"了。两厢平房分做客厅和卧室，一条木质路道穿过庭院，将客厅和卧室连接起来，住在里面感觉既方便又显各自空间的独立性。庭院的设计，通透而富有雅趣；大型石头温泉泡池，可在星空下专享一场奢华的泡澡体验。

隈研吾在设计度假酒店的时候，没有把建筑物当作一个与周围环境相割裂的独立体，而是与云峰山的山岩形成了空间连续体，验证了他在《负建筑》中提出的"建筑物和其周围的空间相互统一起来形成一个整体"的想法。从石头纪度假酒店举目望去，连绵起伏的云峰山，云雾缥缈；中峰绝顶之上的云峰寺，犹如仙山琼阁，甚是美妙。

从酒店步行到云峰山脚下，乘坐 25 分钟的缆车至半山腰，再接受 40 分钟的登顶考验，便可饱览云峰寺的非凡气宇和远山近岭的壮美景色。只不过半山腰到山顶，要途经一段陡峭小路，最陡处的 43 级石阶近乎垂直，两

旁谷深万丈，需手扶铁链而上方能抵达山顶。

站在天门远眺石头纪度假酒店，发现整个酒店被设计成鱼的形状，仿佛自由自在地漂游在山谷之中，蔚为壮观。观此景，让我感觉到山下并非一般的度假酒店，而是一位设计师在向世人讲述他对石头建筑的独到见解。隈研吾先生力图让石头建筑在自然界处于最适宜的状态，也尽量诠释建筑的本意是为了让人居住得更舒坦。

对于如此用心的建筑作品，自然还想近距离看个究竟。走近这鱼形建筑群的尾部和腹部，大量的石头建筑都为空置，整个度假酒店 30 多万平方米的范围，仅小部分用来经营，这无疑套入《负建筑》里所说的"人们讨厌建筑物是有缘由的——因为它有许多负面因素"，比如物资的消耗。对此，我不知道隈研吾先生如何作答？也不知道眼前这些石头建筑还隐藏了多少秘密和故事。

2018 年 10 月 20 日
写于云南和顺古镇水云阁假日驿站

在琅勃拉邦街头度假

度假，是为了逃离平淡无奇的生活，到一个陌生或自己喜欢的地方享受休闲的快乐时光。这样的地方在哪儿？我想，老挝的琅勃拉邦是个不错的选择。

琅勃拉邦是老挝著名的古都和佛教中心，也称"銮佛邦"。这座精美的小城位于南康江与湄公河汇合处，依山傍水，气候宜人。相比于老挝的万象、万荣等城市，同样有着秀美的山水风光和人文景致，但琅勃拉邦独有的古都风

情和佛都文化却吸引了更多的人来旅行度假。

　　清晨，被寺庙的鼓声唤醒，循着有节律的鼓点慢慢起床，走向先前导游和当地人提过的那条街道，和许多人一起参与布施活动。晨光初显，穿着黄色袈裟的僧人们排队接受布施。

　　琅勃拉邦居民笃信佛教，寺庙、佛塔林立，仅市区内就有 30 多座寺庙，是名副其实的佛都。正因为当地佛教兴盛，使得布施活动能够延续下来。

　　做完布施，随意在街上找家小店吃碗米线、饵丝，让味蕾和心绪一起享受欢愉，开启一天的好心情。

　　不夸张地说，不管何时何地，琅勃拉邦街头都有你想遇到的风景。纵使小城有那么多好的度假酒店和客栈，但

人们不愿待在里面，街头才是度假者的所爱。

上午八九点钟，当地人会沿街摆出土特产、花卉、水果等摊位，有的干脆在人行道上设个地摊就做起了买卖。看起来每个摊位都十分简单，甚至有些简陋，但摆放有序，不碍市容，还成了景色和风情。

琅勃拉邦的大街小巷干净舒适，街道布局保留了早期东南亚城市的雏形。沿街几乎没有高楼，也不见突兀建筑。由于拥有的 679 座有保存价值的古老建筑，被联合国教科文组织列入世界历史遗产名录，因而整座城市流露出优雅而深沉的历史气度。

行走在琅勃拉邦的主要道路，举目望去，看到最多的是寺庙外墙贴满金箔的浮雕和层层低飞的屋檐。此外，便是酒店、餐馆、手工艺术品店以及少数住家。当地人生活不算富裕，但也不算贫穷，他们喜欢在店前屋后种花植树，将一切打理得井然有序。对于外地人来说，逛街是超爽的度假方式。

站在任何一个街口，来来往往的 tutu 车和摩托车自由顺畅地通过不设红绿灯的路口，没有喇叭声和喧杂

声，仿佛在静赏一幅流动的交通画卷。

琅勃拉邦城市不大，沿着不多的几条街巷步行，便可轻松地游览老城区。租辆自行车，可能是游览城市景点的最佳方式。王宫博物馆、香通寺、浦西山、关西瀑布等，都是值得一去的景点。

夜幕降临，探访街头夜市是度假不可或缺的内容。王宫博物馆旁边的这条街上，摆满了出售老挝传统灯笼、手织围巾、老式筒裙、手绘画、木雕制品的摊位。你可以慢慢地逛、静静地观赏，有兴趣就买下一两件自己喜欢的东西。琅勃拉邦夜市的摊主从来不会大声叫卖，这可能是我度假生活中最惬意的时光。

2019 年 8 月 23 日
写于海口华邑酒店

在托莱多的小巷转悠

到西班牙旅游，一般都会去马德里以南约 70 千米处的托莱多（Toledo）古城。作为欧洲历史名城，托莱多古城1986 年被列入联合国教科文组织世界文化遗产名录。这里刻画着西班牙民族发展的各种印记，凝结着不同文化艺术融合的成果。

我 16 天 的 西 班 牙、葡萄牙旅游行程中，安排了托莱多古城一个白天的时间，包括早上从马德里开车出发，傍晚回到马德里的时间都计算在内。

到了托莱多古城后发现，古城堡、大教堂和比萨格拉门这些游客必去景点，交通体系和服务网点都很完善。来自世界各地

的游客络绎不绝地往这些景点挤，搞得水泄不通。我索性换了个玩法，把游览小巷作为重点。先将几个主要景点简单看一下，然后把它们作为地标，只要记住自己是从哪个主要景点出发的就不会迷路，但可以放任自己在小巷里"迷失自我"。

条条巷子，仿佛就像古城的血管和脉络，维系着古城的生存与发展。相比那些主要景点，它们更有跨越千年的历史韵味，更能发现当地人生活的真实轨迹。

由于当年城防系统的不规则布局，古城的道路网颇为杂密，有很多的小路和死巷，一时半会是无法走遍所有巷子的。唯一的游览方式就是随意转悠。

一个来自异国他乡的游客，无法在短时间里对这些巷子里久远的历史而史海钩沉。我只想看看眼前小巷里的风景。一堵堵上了年纪的泥土墙、砖墙和石墙，一条条石头路，一户户寻常人家摆设的花花草草，一家家售卖旅游纪念品的商店。

和所有的古城不无两样，托莱多古城也是由众多古建

筑组成。墙，在这里唱着主角。走入每条巷子，看到的是不同的墙，若是按建筑类型划分，便有哥特式建筑的墙、穆迪哈尔式建筑的墙、巴洛克式建筑的墙和新古典式建筑的墙。不管如何，它们都是斑驳而古老的，里面藏着无数历史故事，也留下了许多不解之谜。

建于山丘之上的托莱多古城，山城风貌突出。每一条巷子几乎都是不平坦的，不是上坡便是下坡。巷子里的石头路，不见古时候车辖辘留下的痕迹，这是因为大部分的巷子难以通车，包括各种人力车。也就是说，古往今来这些石头路大多是用来步行的。对于生活在这里的人们，时时要在上下坡中打理生活，可以想象是何等劳累和艰辛。对于今天在交通发达后企求健身的我等游客来说，这种路

的意义就截然不同了，一边看风景一边还能步行锻炼，我为自己在这里走了近两万步感到欣喜。由此可见，不同的人对事物的认知是不一样的，人类需要辩证思维和创新思维也是非常有道理的。

在自家门前或窗台上置些鲜花植物，是欧洲人共同的喜好。当然，有的地方会为了让游客喜欢而特意进行布置，可我在托莱多古城所见到的却是一种真实的花草景观，实在、悦目、舒心。在这里，不是每家门口、每个窗台都有鲜花植物，完全凭主人自己的喜欢和条件。我留意走过的巷子，发现那些花花草草是自然的存在。然而，它们却不经意间点缀了古道、古墙、古门台的清素色调，用生长和绽放的生机与活力减少了古城难免的沉闷，让人欣赏到古城街巷现代化的生活风情。

古城的巷子里面，有不少卖旅游纪念品的商店。有意思的是，几乎每家店都在卖同样的刀、剑等冷兵器艺术品，像是事先约定俗成似的。据说，中世纪时西班牙的铠甲兵刃大多在这里制造，如今以古时兵器为主题的艺术品便成了这里旅游纪念品商店的主要商品。我相信，当一件商品蕴含某种历史意义时，这样的商品就是有历史余温的，它们在告诉游客，托莱多不仅以风格迥异的建筑和多元的文化闻名于世，还因为是西班牙历史上的兵器之都而受人敬慕。

2019 年 4 月 18 日

写于马德里

壮美卓尔山

2020 年 9 月 15 日清晨，从青海省祁连县城八宝河畔的住地出发，驱车跃上卓尔山，转乘巴士进入卓尔山景区。携一路晨风，掀起了壮美卓尔山的面纱。

抵达首个观景点，一位素不相识的游客跟我说："这里简单看一下吧，好景还在里面。"我想，他应该不是第一次来，所以才给我这样的提醒。

可是，眼前的风光令我无法简单打卡。晨风轻拂、野草清香，雪峰下一座造型别致的丹霞山体——陡崖坡红层地貌，景色诱人。这是一处景，更像是一幅画，不能一眼掠过，只能驻足欣赏。

顺着盘旋山路往山顶走去，在不同的观景点继续浏览风景，的确越走越美。如织的游客，不畏气温的寒冷，克服海拔 3000 米以上的高原反应，无一例外地沉浸于宛如仙境的美景之中。大家不是拍照就是被拍照，除此之外是惊叫与赞叹！

景区管理部门在沿途设有"天境之眼""丹碧花海""情

人崖""千兵崖"等观景提示牌。面对这般辽阔壮丽的景象，
这些提示或对景点的文字介绍显然有些苍白，难以概括壮
美卓尔山的真正涵义。

卓尔山之美，源于大开大合的本底景色，不能与小景点或人工景区相提并论。卓尔山背靠连绵起伏的祁连山，与八宝河对岸的阿咪东索（牛心山）隔河相望。传说它们是一对情深义重的情侣，护佑着祁连的山山水水和八宝河两岸的民众。它宽广博大的胸怀拥抱着红色砂岩、砾岩，合成藏语说的"宗穆玛釉玛"之底色，铸就了意存"红润皇后"美誉的大美丹霞地貌。如果说，青海省把旅游资源定位于"大美青海"，卓尔山无疑在大美之列。

她是天下色彩浑然自成的画卷。蓝天下，由远至近分别是：白雪皑皑的连绵山峰、绿色的草甸、红色丹霞岩体、金黄色的麦田、挺拔苍翠的青海松柏、各种颜色的鲜花，色彩丰富而分明，极具视觉冲击力。这是大自然超凡的艺术造诣，大气、壮观、完美。

　　她是山野牧歌式的美好世界。锦绣天地间，俨然一方世外桃源。彩色山谷中，有村落升腾的炊烟；绿茸茸的山坡上，有悠然自在的牛羊。当地老乡远离喧嚣的安然生活，外来游客畅游后的欢心快乐，这一切让卓尔山成了"桃源景色醉人间"的地方。

　　她是对金山银山的华丽诠释。不加修饰、天然生态，是卓尔山最金贵的价值。景区于2016年1月被国家旅游局和环保部认定为国家生态旅游示范区。正因为保护得好，如今才成为保护中开发利用的典范。以旅游业为主的现代服务业带动了当地经济发展，也成了老百姓致富的"金山银山"。

2020 年 9 月 16 日

写于青海茶卡盐湖

色达之旅

色达，我和爱人此次川西之行的主要目的地。

它是四川甘孜藏族自治州的一个县，地处遥远而神秘的青藏高原，属于无数人关乎信念的内心向往。

凡到色达者，都知道那是一程艰辛的旅途，可没想到我们的旅程还充满了惊险！

一

同我们一起去色达的有我的一位朋友，还有身强体壮的蒙古族驾驶员铁柱。

公路两旁，一边高山峻岭，一边江水奔流，沿途藏族、羌族村落点缀于山水之间，风光如画。作为江南人，面对这般景色自然激动，甚至亢奋。我认为，这是真正的旅者该走的线路，而是探秘色达该有的行程铺垫。

想不到，车行不到两小时，便遇到了第一次塌方。堵了一段时间，道路抢通后我们又开始前行。至甘古隧道，遇到第二次塌方，从山上滚下来的石头和泥土堆在隧道口

和高架桥之间，道路清障难度极大，汽车排起了长队。

两处塌方，均因前一天暴雨致使山体松动所致。

驾驶员铁柱说："雨后驾车去色达，一路上塌方和落石是最大的风险之一。"

等到可以单向通车，时间已经过去足足两个小时。我们也总算松了口气，跟着长长的车队，行进了 20 多分钟，更糟糕的事情发生了。蓦然间天空变脸，乌云密布、狂风骤起，暴雨夹着硕大的冰雹倾泻而下。这样的场面我从没见过，可以想象为武侠小说里的飞沙走石，心提到了嗓子眼，冰雹撞到车上发出的声响，让人感到十分恐惧，生怕

车的玻璃被击碎。

前后车辆之间根本看不清楚，只能凭灯光辨别。就这样，万分艰难地行驶了一小段路，车动不了了。前方100米处大面积山体塌方。风雨中，我们被阻在色达县翁达镇色尔坝加油站前。

晚上9点多，冰雹停了，风雨却没有想停的样子。可怕的是前面塌方，改变了山洪流向，来势汹汹的洪水夹带着石头、泥沙和杂物向我们冲来，随之水也涨了上来。看不清周围，无法判断还会出现什么意外，当时的心情真的是只能用胆战心惊来形容。

二

雨下了一夜，我们被困在车里一夜，好在水没涨进车厢。

车上带了水和一些食物，起关键充饥作用的是一盒熟牛肉片，还有我那位朋友细心准备的酱油醋（这是我们老家用餐必备的蘸料），因此吃得还算不差。

这一夜，可睡不了安稳觉。怕水继续上涨，那将十分危险；怕加油站发生意外，那后果无法想象；怕停车的地方也发生山体塌方，那就来不及逃离……我脑子里不由自主地反复出现这些想法。漫漫长夜，最重要的就是不能长时间睡着，必须过一段时间把头伸到车外观察水情和周围情况，以免出现次生险情。

次日清晨，雨势趋缓，水才开始慢慢退去。当地政府部门一大早把方便面、面包、牛奶等食品送到加油站，我们踩着还有些积水的淤泥到加油站的一间房子里，享用了一次免费的救灾早餐。

此时，晨风掠过山谷，送来一阵清爽。

放眼周遭，近处确实是灾后惨状，但让人想不到的是，昨夜惊恐万般的峡谷没经历塌方和涨水的地方，天亮后竟然有不错的风景。江水依旧奔流着蜿蜒远去，江对面美丽的山峦和草甸，峰谷相连，一片碧绿。

三

上午 9 点多，路通了。

泡了一夜水的汽车两个轮胎漏了气，换上一个备胎，还得千辛万苦地找个地方修补好另一个轮胎。折腾了好一阵子，总算顺利驶向色达县城。

进城时，成群结队的猴子在曲线优美的公路上目中无人地溜达，汽车得小心翼翼绕过它们前行。可能在生态越好的地方，物种的平等程度越高。同一片蓝天白云下，同一个绿水青山间，人类也不敢过于造次。

海拔 3800 米的县城，除了高反会给人带来不适外，其余的是赏心悦目和意趣盎然。作为甘孜藏族自治州海拔最高、气候最寒冷的以藏族为主的民族聚居地，色达县城非

常的现代化。面积 1.8 平方千米的城区，由"井"字形道路组成"三纵六横"街道，虽说没有太多的高楼大厦，但所有的建筑都十分整洁、气势非凡，并具有地方特色。城市广场、道路绿化、基础设施，颇为齐全。汽车在城里转了一圈，看到最多的居然是宾馆。

这么多的宾馆，说明这里来访者不少，更是因为这里有令人心动的风景。前些年，网上广传的如童话般连片红色房子的照片，为色达招徕了不少的游客。这些由一间间大小不一的红色房子建在一块而形成的壮观的红房群，是色达五明佛学院，即世界上最大的藏传佛学院。这里除了佛学院的僧众，其他的是远道而来的访客和旅行者。

来色达，一般为了两件事。第一是来此修行，在这片由僧众亲手搭建起来的绛红色僧舍中，修学藏传佛教，虔诚地笃行心中的那份信仰。色达五明佛学院的僧侣生活很艰苦，他们住的红房子里面的设施十分简陋，有时候还得为用水用电发愁，但他们用精神力量战胜了一切困难。即便是来访者或游客，走进这连绵不断的僧舍，不止于视觉的震撼，更在于这里的环境对于佛教情感产生的渲染作用，有着让人参悟到某种精神的能力。

第二件，就是来此观赏风景。在色达及其周边的秀山、草原、湖泊、河流和绚丽多姿的藏族风情中，饱览神秘而奇丽的风光，体味蕴含浓浓诗意的风土人情。

四

从色达离开后，我们途经甘孜藏族自治州一处海拔4200 米的山口、宗塔草原，再经过阿坝藏族羌族自治州的观音桥、松岗小镇，到了马尔康市，一路上经过多处因山体塌方临时抢修的道路。

中午在马尔康市吃了烧羊、牛肉、糌粑、酥油茶和青稞酒等当地特色美食，用料广泛、味道鲜美。接着参观了卓克基土司官寨，最后到达地处青藏高原东部边缘的红原县。

前后 4 天的色达行程算是结束了，虽然旅途中经历了意想不到的惊险，但到过色达之后，内心唯有欢喜。因为，这一路的经历都是不可多得的旅行体验。

2020 年 9 月
写于温州涌金花园

走上高高的大九湖

　　走上高高的大九湖，山中的湿地风光，如诗如画，可谓"万物静观皆自得"，顿觉入了仙境。将这次旅途的游记写成礼赞般的文字，确因赏心悦目后的激动之情。

　　我赞美大九湖国家湿地公园的神秘、原始、奇特、壮美。

　　夸赞她地处秘境。来神农架旅游，原本就充满了好奇感。期待高山峡谷、无边森林、古道溪流，能给自己一种猎奇的满足。可想不到的是，神农架深处的高山上还藏有90多平方千米的神秘湿地，一处令人赞叹不已的胜境，一次意想不到的旅游收获。

　　路上几经周折，饱含探秘的色彩。中途换过几次车，在一个叫坪阡镇的地方住一宿，第二天早上还得坐车沿着崎岖的山路才能上到大九湖国家湿地公园。

　　进入高山重围中的湿地公园，沿木栈道走近湖泊、树林、芦苇、草地和太多从未见过的植物及形成历史达几万

年之久的各种沼泽地，感觉闯入了从未见识过的神奇地带。享受近距离观察未知世界的惬怀，体味走进世外桃源的欢愉；那些无法接近的远山、森林、草甸、山溪，虽可望不可及，却也给了我无限美好的遐思和想象。

夸赞她原始生态。除必要的设施，湿地公园保持着原始的样子。举目四周，湖面水体、树木花草、荒滩沼泽等，

没有人为破坏的痕迹。站上半树高的观景台，让清风沐耳、与水鸟对话，接纳原始风光赐予的美丽景象。只有置身这样天然去雕饰的真实场景，才会感受到真正的天籁与空灵，才能明白和谐自然的原始生态无疑是人类最宝贵的财富。

良好的生态环境和原始多样的景观资源，筑就了纯美的大九湖国际湿地公园。导游告诉我："为了更好地保护湿地环境，这里的居民都搬到了坪阡镇。据说，搬迁后湿地内的民房已在拆除了。"这种建设清洁绿色湿地的做法，值得称道。

夸赞她独一无二。我去过不少湿地旅游区，大九湖湿地却是独特而别致的。地处湖北省西北端大巴山脉东麓，平均海拔 1730 米，属典型的高山湿地和世界上中纬度地区罕见的亚高山泥炭沼泽湿地，其典型性和代表性，使她获得高山"云间湿地"的美誉。

亚高山草甸、泥炭藓沼泽、睡菜沼泽、苔草沼泽、香蒲沼泽、紫茅沼泽以及河塘水渠等类型，构建了大九湖国家湿地公园的生态系统。

夸赞她壮美无比。游走于大九湖国家湿地公园，眼前掠过的风景，直击心魄。大九湖湖泊荡漾、水光潋滟，那是自然生态的律动；蓝天中无一丝杂染，那是绝尘净域的恩赐；千年古树与藤蔓自由生长，那是久远生命的遗存；舞动的芦苇和飘落的叶子，那是天地间不休的舞蹈……

美，装满了我游览大九湖国家湿地公园的所有时光，虽然短暂，却成了永久记忆。

2021 年 4 月 17 日
写于宜昌九州方圆大酒店